与最聪明的人共同进化

HERE COMES EVERYBODY

CHEERS

# 写作好故事的
# 科学原理

[英] 威尔·斯托尔 著
**Will Storr**
靳婷婷 译

浙江教育出版社·杭州

# THE
# SCIENCE OF
# STORYTELLING

## 你了解多少写作故事的科学原理?

扫码激活这本书
获取你的专属福利

- 作者威尔·斯托尔罕见地将写作故事的技巧与大脑神经科学结合起来,打破了传统故事理论家执着于结构的习惯,这是一个创举吗?

  A. 是

  B. 否

扫码获取全部测试题及答案
收获写作好故事的金牌指南

- 想要激发读者的好奇心,唯一的方式就是"设置意想不到的变化",因为人类的大脑结构决定了人类天生会被意料之外的事物吸引。这是对的吗?

  A. 对

  B. 错

- 许多神经学家认为,_____是大脑理解诸如爱、快乐、社会和经济等抽象概念的重要方式,因为它能使人们把这些抽象概念与具有实体的概念联系起来。

  A. 行动

  B. 联想

  C. 隐喻

  D. 幻想

扫描左侧二维码查看本书更多测试题

献给我的"长子"帕克。

"啊，但人类的目标应该超越其能力范围，否则，要天堂何用？"

——罗伯特·勃朗宁[①]

---

① 罗伯特·勃朗宁（Robert Browning），英国诗人、剧作家，主要作品有《戏剧抒情诗》《环与书》等。——译者注

# 让故事带我们放慢脚步

**黄天怡**
电影《驴得水》制片人
知名译者

相信你一定感觉到了，我们正处于一个"快"时代。

信息的传播、人群的流动、技术的更迭……一切都在越来越快地加速运转。当 4G 已经因为太慢被提升到 5G，当受欢迎的短视频时长从 5 分钟缩短到 3 分钟，当"卷"的年龄从 20 岁提前到了 2 岁……洪流之中，我们都在身不由己地被推着往前走。

诺贝尔经济学奖得主丹尼尔·卡尼曼 ① 曾经将人类的思维方式归纳为两大类：快思维和慢思维。其中，快思维被认为是一种更快速、更不消耗脑力、更下意识的思维方式。如今恰是"快思维"大行其道的时代。我们开始创造越来越多的"概念"和"公式"，让它们代替我们来思考和判断——想想那些"三步学会""五分钟读懂"的公号爆款文章吧；还有 IMBT 人格测验的流行，竟让每个人都变得可以用四个字母来概括。"快思维"倾向于为复杂的问题寻找简单的答案，并且非常容易为惯性驱使。于是纷繁的信息并没有帮助我们摆脱标签，只是徒增了标签的数量。

那么，问题来了：该怎样回归更有控制力、更主动的思维方式？

首先，让我们想想这个快时代为什么能让我们如此身不由己。短视频能做到频繁轰炸你的"爽点"，手游能通过层层递进的奖励吸引你不断"氪金"，这些被科技外衣包裹的产品都拥有一个共同的内核，那就是对人类思维模式的掌握。没有什么是凭空而来的。正因为它们把人类的思维机制研究透了，才能精准地设下重重圈套，令你欲罢不能。

所以说，挣脱这些圈套的本质，是进行一场夺回大脑主权的战役。为了做回自己的主人，我们也要去理解我们的思维，这就涉及人类学、脑科学、哲学、心理学……如果你也像我一样感到有些不得其门而入，那么"故事"就是我们需要的那个最易上手、最深入浅出，同时也是覆盖面最广、

---

① 诺贝尔经济学奖得主、行为经济学之父丹尼尔·卡尼曼，他的《噪声》已经由湛庐文化引进，浙江教育出版社出版。——编者注

延展性最强的工具。

被称为"好莱坞编剧教父"的罗伯特·麦基在《故事》一书中写道：

> 故事是人类思维的镜像。

从几万年前的火堆旁，到如今的大银幕前，经过时光的淬炼，人类将故事锻造出了一个固有的结构。这个结构并非无中生有，它反映的恰恰是人类共有的精神DNA。越是深入地了解故事，我们就越会为它与人类思维特性的高度契合而感到惊叹。为什么故事都有起承转合？为什么都有一个主人公？为什么一定会发生冲突？然后一定会有一个高潮和一个结局？所有这些都是因为符合了人类的期待才被保留下来。因此，只要我们能够摸清故事构建的基本规律，我们就可以反过来用它去窥视潜藏在我们心灵中的秘密。

除了故事的结构，故事的内容也是一个值得挖掘的宝库。心理学家荣格著名的"原型"理论，就是建立在对经典神话与童话的解析之上。这些历经千万年流传下来的故事已经超越了普通文学创作的范畴，成了集体潜意识的承载之物。换句话说，它们凝结的是人类共有的经验，传递的是人类共通的情感。不仅如此，它们还集中了各类情节与人物的"范式"。直到今天，不论是好莱坞大片还是短视频，所有的故事包装得再光怪陆离，其内核也依然是万变不离其宗。所以了解故事的"祖先"——故事原型，能让我们不那么容易被表象迷惑，而更能直探本质。

　　当我们掌握了故事的原理，理解了故事的规律，我们就能领悟到故事的意义，从而看清"快时代"真正的问题。我们会意识到这个网速越来越快的世界只不过在不断地给我们提供零散的信息，它们是散乱的、割裂的，它们不能构成一个故事。如果不假思索地任由这些信息占据我们的大脑，我们很快就会被 AI 取代。如果我们仅仅明白信息之间要存在关联，但缺乏构建这种关联的能力，也只能束手就擒地接受他人创造出的虚假故事，于是渐渐地变成了等待被收割的"韭菜"。

　　我们每个人都应该拥有专属于自己的故事。所有的过往构成了我们独一无二的故事背景，所有的体验就是故事中精彩纷呈的章节。世上的信息再繁杂，也不过是我们用来讲述的语句，而我们自己就是这个故事的主人公，无人可以取代。看懂银幕和纸页上的故事，最终的目的是撰写我们自己的人生故事。让故事不再止步于消遣，而是能切实地帮助我们理解自己和他人，与世界建立起联系，为人生赋予意义。愿故事赐予我们力量。

# 故事让我们成为人

我们都知道人生会怎样终结。我们会死，我们所爱的人也会死。宇宙热寂①，宇宙终会停止变化，恒星终将消亡，除了无穷无尽、死寂冰冷的虚空，什么也不会留下。喧嚣而浮华的人类生命，将永远失去意义。

但是，我们并不是以一种认为一切毫无意义的态度在生活。人类或许是唯一明白其存在从本质而言毫无意义，但仍然继续生活，仿佛对此浑然不知的物种。我们匆匆忙忙、乐在其中地度过每分每秒，任由虚无

---

① 关于宇宙最终命运的一种假说，推测宇宙将进化到一个没有热力学自由能的状态，因此无法维持熵增过程。——译者注

笼罩。如果我们直面虚无，然后用一种绝对理性的绝望态度去面对它，我们可能会被诊断为患有精神疾病，被认为不太正常。

对付这种恐惧的良药，是故事。大脑会在我们的生活中注入给人希望的目标，并鼓励我们为之奋斗，以此来分散我们对这个可怕事实的注意力。我们渴望达成的目标，以及实现目标途中所经历的起起落落，便是我们每个人的故事。故事让我们以为我们的存在是有意义的，从而把目光从恐惧中移开。少了故事，我们就无法理解人类的世界。故事充斥着我们的报纸、法庭、体育场馆、政府议事厅、学校操场、电脑游戏、歌曲歌词、个人思想和公共谈话，也萦绕在我们的白日梦和睡梦之中。故事无处不在，我们即故事。

我们之所以为人，就是因为故事。最近的研究表明，当人类还生活在石器时代的部落中时，语言的进化主要是为了交换"社会信息"。换句话说，我们会八卦闲聊，在道德上对别人指指点点，惩恶扬善，都是为了维持人与人之间的协作，并保证部落的井然有序。关于正义或邪恶之举的故事，以及这些故事所引发的喜悦和愤怒，都对人类的生存至关重要。我们天性就热爱故事。

一些研究人员认为，在这样的部落里，祖父母一辈扮演着至关重要的角色：老人们会讲述各种各样的故事，涉及先辈豪杰的事迹、激动人心的冒险以及灵魂和魔法等等，帮助孩子们探索自己的身体、灵魂和道德世界。纷繁复杂的人类文化，就是从这些故事中诞生的。当人类开始耕种田地、饲养牲畜，部落安定下来，逐渐融合成国家之时，祖父母们在篝火旁讲述的这些故事就演变成了影响力巨大的神话与信仰，使得更多的人能够聚集在一起。时至今日，现代国家仍主要通过那些关于集体自我①的故事定义自身：成功与失败，英雄与敌人，独特的价值观和生活方式，通通都体现在了我们所讲述和喜爱的故事之中。

我们是通过故事模式来体验日常生活的。大脑为我们创造了一个生活于其中的世界，并在里面植入了盟友和恶人，使得复杂枯燥的现实世界变成了简单而充满希望的故事，而这个故事的中心人物就是与众不同、百里挑一的"我"。大脑让"我"去追寻一系列的目标，而这些目标，也就成了我们人生的故事情节。创造故事是大脑的天性。心理学家乔纳森·海特（Jonathan Haidt）教授②写道，大脑是一台"故事处理器"，而不是一台"逻辑处理器"。人脑创作故事就像嘴巴呼吸一样自然。不是只有天才才能够创作故事，事实上，我们此时此刻就在创作故事。要想更善于讲故事，只需向内窥探，审视大脑本身，探寻它的具体方法就行。

这本书的缘起很不一般，因为它基于一堂关于讲故事的课程，而这堂课又得益于我对许多本书所进行的研究。我对讲故事的科学的兴趣大约始于十年前，那时，我正在创作自己的第二本书《异教徒》（The Heretics），这本书讲的是关于信仰的心理。我想要探究一下，为什么很多聪明的人最终都会狂热地信仰些什么。我找到的答案是，当我们处于心理健康的状态

---

① 集体自我由社会群体或社会分类的成员构成，将个体自我视为某种社会分类中可以互换的典型，而不是独一无二的人。——译者注
② 乔纳森·海特，著名心理学家。他的《象与骑象人》《正义之心》已由湛庐引进，浙江人民出版社出版。——编者注

时，我们的大脑让我们觉得自己是自身生活中正在开展的故事的主角。大脑所遇到的任何"事实"，都会服务于这个故事。如果这些"事实"迎合了我们的"主人公感"，那么无论我们自认为有多聪明，我们都会倾向于相信这些事实，否则，我们的大脑便会找到某种巧妙的方法拒绝接受这些事实。在《异教徒》这本书中，我第一次介绍了将大脑视为故事讲述者这个想法。这本书不仅改变了我看待自己的方式，也改变了我看待世界的方式。

另外，这本书也改变了我看待自己写作的方式。在为《异教徒》这本书做研究的时候，我正好也在创作自己的第一部小说。多年来，我一直在创作小说上举步维艰，终于，我不再做无谓的坚持，转而挑选了几本经典的"写作方法"指南。在阅读的过程中，我注意到了一些奇怪的事情。在叙事领域，故事理论家的一些观点，与我采访的心理学家和神经学家告诉我的关于大脑和精神的观点惊人地相似。故事讲述者和科学家从完全不同的领域出发，却殊途同归地有了相同的发现。

在对接下来的作品继续进行研究的过程中，我不断发现这种相似性。我开始思考是否有可能将这两个领域建立连接，从而提高自己讲故事的能力。最终，在这个想法的驱使下，我开设了一门面向写作者的以科学为基础的课程，这门课也获得了始料未及的成功。因为时常要面对济济一堂、聪明绝顶的作家、记者和电影编剧，我鞭策自己不断深入研究。很快，我发现自己已经掌握了足以写满一本小书的内容。

　　我希望接下来的内容，能够燃起那些对人的境况（human condition）[①]这一主题抱有好奇心的读者的兴趣，即便这些读者对讲故事本身没有什么实际兴趣。但是，这本书也是写给讲故事的人的。每个讲故事的人都面临着捕捉和保持别人大脑注意力的挑战。我坚信，只要对大脑的运作机制稍作了解，我们每个人都能在自己的领域做得更好。

　　这种方法与传统拆解故事的方法截然不同。按照传统拆解故事的方法，学者们通常需要比较世界各地优秀的故事或传统神话，并从中找出共同点。通过这种方法能够产生预先设定的情节，这些情节像菜谱一样，会将事件按顺序排列。其中最具影响力的，无疑是约瑟夫·坎贝尔（Joseph Campbell）[②]的"单一神话"，其完整结构由 17 个部分组成，从一位英雄最初的"冒险召唤"阶段开始，记录其冒险的历程。

　　这样的情节架构已经取得了巨大的成功，吸引了数百万人，也引发了一场故事行业的革命，在电影和长篇电视连续剧中尤为突出。受坎贝尔启发而创作的《星球大战》等案例虽然精彩纷呈，但绝大多数故事却犹如巧克力棒，虽然让人食指大动、乐此不疲，但从本质上来说却是由编剧团队打造出来的冷冰冰、商业化的产品。

　　在我看来，执迷于结构是传统方法的问题所在。出现这种结果的原因

---

① 也译为"人的条件"，指构成人类生存要素的所有特征和重要事件，包括出生、成长、情感、欲望、冲突和死亡。——译者注

② 约瑟夫·坎贝尔，20 世纪伟大的神话学家、演讲家、心灵导师。他的神话系列著作已由湛庐引进，陆续出版中。——编者注

很容易理解。通常情况下，人们都在寻找那所谓"唯一正确的故事"，也就是可以作为所有故事准绳的终极完美的情节架构。那么，如果不把故事拆解成不同的章节，又该如何叙述故事呢？

我觉得，许多现代故事之所以难以摆脱冰冷感，正是因为这种对于结构的强调。人们应该将这种对情节的关注转移到人物身上。我们天然感兴趣的不是事件，而是人物。让我们欢呼、哭泣和害怕地把头捂在沙发垫里的，是那些有缺点但又令人着迷的具体的人。当然，发生在表面的情节事件也很重要，结构也应当凸显出来，发挥作用和遵循规律。但是，这一切都应该是为人物服务的。

虽然有普适性的结构原则，也有一些便于理解的基本故事模型，但是，在这些泛泛的大纲之外设置一些强制规则，往往是不对的。在对讲故事的科学进行研究的过程中，我们发现能够吸引并保持大脑注意力的事物有很多。人们在讲故事的过程中会调动许多神经过程，这些过程因各种各样的原因进化而成，并时刻准备着发挥作用，就像交响乐团中的乐器一样，这些神经过程包括道德义愤、意外变化、身份扮演、特异性、好奇心等。了解了这些神经过程，我们就能更加容易地创作出扣人心弦、意义深远、情感丰富和别出心裁的故事。

我希望，这种方法最终会被证明是自由而富有创造力的。了解讲故事的科学能够帮助我们了解那些被一味灌输的"规则"背后的"原因"，从而使得我们更具创造力。而了解了这些规则之所以成为规则的原因，我们还能够成功打破这些规则。

　　但是，这并不是说我们应该对坎贝尔这些故事理论家所做的研究成果视而不见。恰恰相反，许多畅销的写作指导书中所包含的关于叙事和人性的精彩见解，远早于科学的发现。在本书中，我也会引用一些此类书籍作者的观点。我并不是主张我们应该无视这些宝贵的情节设置，相反，它们对于补充本书的观点有很大的帮助。实际上，这只是个孰轻孰重的问题。我认为，要写出迷人而独特的情节，我们更应该创作出迷人的人物，而不是照搬要点列表。要创造出丰富、真实且给人惊喜的人物，最好的方法就是明白人物在现实生活中的生活方式，而这就需要科学的帮助了。

　　我试图写出一本连我自己都想拥有的关于讲故事的书，尤其是当我在创作小说的时候。在本书中，我尽力在实用性和创造性之间取得一个平衡，使这本书既具有实用价值，又不会因列出一系列"必做"清单而扼杀了写作者的创造力。约翰·加德纳（John Gardner）是一名小说家，同时也教授创意写作，他认为，"大多数所谓的审美绝对理念在碰到压力时就不再绝对了"，我深以为然。如果你正在做与讲故事相关的工作，那么我建议你不要将接下来的内容看作一定要遵守的条条框框，而是将其视为可用可不用的工具，至于如何使用也可以按你的想法进行发挥。另外，我还简单介绍了一种多年来在我的课堂上屡试不爽的练习方法："神圣缺陷切入法"。这是一种以角色为重的方法，通过模仿大脑勾勒人生的诸多方式来打造故事，由此赋予故事真实和新鲜感，且自带潜在的戏剧冲突。

　　这本书分为四章，分别探讨了讲故事的不同层面。首先，我们会研究故事讲述者和大脑是如何勾勒其所处的精彩纷呈的世界的；其次，我们将认识那个在自我世界中担任主角的不完美的自己；再次，我们将深入主角的潜意识，揭示出其藏于表面之下的挣扎和意愿，正是这些挣扎和意愿，让主角的人生如此玄幻奇特又充满艰险，也让我们讲述的人生故事如此寓意深远、引人入胜、出乎意料又震撼人心；最后，我们会探讨故事的意义和目的，用全新的眼光审视故事的情节和结局。

几代杰出的故事理论家以及科学界杰出的研究者，他们在讲故事这门科学中已得出了种种研究成果，而接下来的内容，则是我为阐释其中一些成果所做的尝试。对于这些人，我不胜感激。

# 01

## 好故事的
## 诞生

—

### 探测变化的大脑

THE SCIENCE

OF

STORYTELLING

# 开头　以出乎意料的变化
　　　吸引注意

　　一段故事应该从哪里开始呢？话说回来，万事万物又从何起始？当然是从头开始了。那么我们就这样开始我们的故事吧："查尔斯·福斯特·凯恩①1862年出生于美国科罗拉多州一个名为小塞勒姆的小镇。母亲名叫玛丽·凯恩，父亲名叫托马斯·凯恩。玛丽经营着一家寄宿公寓……"

　　不，这样肯定行不通。一段生命或许始于降生那一刻，如果大脑只是一台数据处理器，那么我们的故事一定从那时展开。但是对于讲故事的大脑而言，平铺直叙的生平数据几乎没有什么意义。讲故事的大脑所渴望的，也就是为了换取它难能可贵的注意力所必需的，是一些别的东西。

_____

① 电影《公民凯恩》中的虚构主人公。——译者注

许多故事都开始于某个出乎意料的变化，然后从那里展开。无论是短短百来字关于某个电视明星"皇冠掉落"的小报短文，还是像《安娜·卡列尼娜》这样长达 50 多万字的著作，你所听过的每一个故事，都能归结为"发生的某种变化"。对于大脑而言，变化有着无穷的魅力。"几乎所有的感知都基于对变化的觉察，"神经学家索菲·斯科特（Sophie Scott）表示，"如果没有发现任何变化，我们的感知系统基本上处于休息状态。"在稳定的环境中，大脑相对平静。而一旦探测到变化，该事件便会立即引起神经活动激增，从而被记录在脑海中。

你对生命的体验正是产生于这些神经活动。你的所见所闻、所思所想、所爱所恨，你保守过的每一个秘密、追寻过的每一个梦想，你看到过的每一个黄昏与黎明，你体验过的所有痛苦、喜悦、味道和渴望——所有这些，都是信息风暴所创造的产物，那些信息在你大脑渺远的区域中涌动、循环。两耳之间那块只有 1.2 千克重的具有计算能力的粉红凝胶物或许用两只手就能轻松捧起，但从其自身的尺寸审视，却宏大得不可思议。我们拥有 860 亿个脑细胞，或者叫作"神经元"，其中每个都如一座城市般复杂。信息信号在这些神经元之间传递的速度最高可达每秒 120 米。而这些神经元所引起的突触回路长达 15 万到 18 万公里，足以绕地球四圈。

但是，如此强大的脑神经功能，又有什么用武之地呢？进化论告诉我们，我们之所以存在，是为了生存和繁衍。要想实现这两个目标其实很复杂，尤其是繁衍。对于人类而言，这就意味着要操控潜在伴侣对我们的看法。说服某位异性相信我们是对方的理想伴侣无疑是一种挑战，需要深刻理解吸引力、地位、声望和求爱仪式等社会概念。从根本上来说，我们可以将大脑的使命归结于控制。大脑需要感知物理环境和生存于其中的人，从而对其加以控制。只有学会如何掌控这个世界，大脑才能得偿所愿。

大脑之所以对意料之外的事物时刻保持警惕，就是为了控制。出乎意料的变化就像是一扇大门，危险会穿过这扇大门，给我们致命一击。然而矛盾的是，变化同时也是一种机遇，是宇宙打开的一道裂缝，穿过这个裂缝我们能够到达未来。变化是希望，是前途，是通往成功未来的曲径。因此，当意外的变化突然降临时，我们想要弄明白，这意味着什么，这变化是好还是坏？意外的变化会让我们产生好奇，而好奇正是我们在好故事的开头应该感受到的。

现在，想一想你的脸，不要将它当作一张脸，而是把它看作一台经过数百万年进化、旨在探测变化的机器。从某种程度上来说，你的脸上几乎没有一寸空间不是专为这项任务服务的。你走在街上，思绪漫游，突然，意想不到的变化出现了——你听到"砰"的一声，或是有人叫了你的名字。你停下脚步，停止心中的自言自语，开启注意力。"出了什么事？"为了回答这个问题，你把那台探测变化的神奇机器朝着变化发生的方向转去。

这就是故事讲述者所做的事。他们创作出吸引主人公注意力的意外变化，进而吸引读者和观众的注意。那些致力于揭开故事之谜的人一直都明白变化的重要性。亚里士多德认为，希腊语 peripetevia（剧情转折点），指

的是戏剧里最有张力的时刻，而故事理论家、著名电视制片人约翰·约克
（John Yorke）则写道："无论在非虚构还是虚构的作品中，电视导演们一直
在寻觅人脸捕捉到变化时刻的特写。"

这些变化瞬间是如此重要，往往被压缩在故事的开篇几句中：

这个小玻！他还没吃晚饭呢。他到底跑到哪儿去了？
艾力克·希尔（Eric Hill），《小玻在哪里》（*Where's Spot?*）

"爸爸拿着那把斧子去哪儿？"[①]
E. B. 怀特（E. B. White），《夏洛的网》

我睡醒的时候，床的另外半边冷冰冰的。[②]
苏珊·柯林斯（Suzanne Collins），《饥饿游戏》

这些开头通过描述具体的变化时刻来激发好奇心，但也隐隐暗示我们，
即将降临的变化会令人不快。小波会不会在公共汽车下面？那个拿着斧头
的男人要去哪儿？暗示要发生坏事这一技巧对于勾起好奇心非常有效。导
演希区柯克非常擅长通过暗示意外的变化正在悄然逼近来让大脑感到恐惧，
他甚至表示："让人感到恐惧的不在于突如其来的巨响本身，而在于对巨响
的预感。"

但是，令人不安的变化并不必像精神分裂者躲在浴帘后拿着的刀子一

---

① 中译本选用 E. B. 怀特：《夏洛的网》，任溶溶译，上海译文出版社，2014。——译者注
② 中译本选用苏珊·柯林斯：《饥饿游戏》，耿芳译，作家出版社，2013。——译者注

样"惊魂"①。

> 家住女贞路 4 号的德思礼夫妇总是得意地说他们是非常规矩的人家。
> 拜托，拜托了。②
>
> J. K. 罗琳，《哈利·波特与魔法石》

罗琳字里行间巧妙暗示着不好的事即将发生。有经验的读者都知道，一定有什么意想不到的事情即将在德思礼夫妇那安然自得的世界中爆发。这段开头运用的技巧，与简·奥斯汀在《爱玛》中运用的技巧相同，这段著名的开头是这样写的：

> 爱玛·伍德豪斯又漂亮，又聪明，又有钱，加上有个舒适的家，性情也很开朗，仿佛人生的几大福分让她占全了。她在人间生活了将近二十一年，一直过着无忧无虑的日子。③

从奥斯汀的文字中我们可以明白，在开篇中描述变化或预示变化的技巧，并不是只有儿童文学作家才会用的方法。以下是哈尼夫·库雷西（Hanif Kureishi）的小说《亲密》的开头：

> 这是让人伤心的一夜，因为我就要离开这里，再也不回来了。④

---

① 此处译为"惊魂"，是因为这段描述的内容是希区柯克代表作《惊魂记》中的桥段。——译者注
② 中译本选用 J.K. 罗琳：《哈利·波特与魔法石》，苏农译，人民文学出版社，2016。——译者注
③ 中译本选用简·奥斯汀：《爱玛》，孙致礼译，人民文学出版社，2017。——译者注
④ 中译本选用哈尼夫·库雷西：《亲密》，王莹莹译，上海文艺出版社，2013。——译者注

美国作家唐娜·塔特（Donna Tartt）的《校园秘史》是这样开头的：

邦尼辞世好几个星期后，山中的积雪开始融化，我们大家这
时才意识到情况有多么糟糕。[1]

阿尔贝·加缪的《局外人》是这样开篇的：

今天，妈妈死了。也许是在昨天，我搞不清。[2]

以下是乔纳森·弗兰岑（Jonathan Franzen）的文学名作《纠正》的开篇，
所用的方式与艾力克·希尔的《小玻在哪里》开篇完全一样：

横扫秋季大草原的一股冷风疯狂肆虐，你能产生这样的感觉：
某种可怕的事即将发生。[3]

这种方式并不仅限于现代故事：

女神啊，请歌唱佩琉斯之子阿喀琉斯的致命的忿怒，那一怒
给阿开奥斯人带来无数的苦难，把战士的许多健壮英魂送往冥府，
使他们的尸体成为野狗和各种飞禽的肉食，从阿特柔斯之子、人
民的国王同神样的阿喀琉斯最初在争吵中分离时开始吧，就这样

---

[1] 中译本选用唐娜塔特：《校园秘史》，胡金涛译，人民文学出版社，2016。——译者注
[2] 中译本选用阿尔贝·加缪：《局外人》，柳鸣九译，上海译文出版社，2010。——译者注
[3] 中译本选用乔纳森·弗兰岑：《纠正》，朱建迅、李晓芳译，译林出版社，2013。——译
者注

实现了宙斯的意愿。[①]

荷马，《伊利亚特》

也不仅限于虚构文学：

一个幽灵，共产主义的幽灵，在欧洲大陆徘徊。[②]

卡尔·马克思，《共产党宣言》

有的时候，故事的开头不会有明显的变化：

幸福的家庭家家相似，不幸的家庭各各不同。[③]

列夫·托尔斯泰，《安娜·卡列尼娜》

但若要吸引众多读者的注意力，变化定会如期而至：

奥勃朗斯基家里一片混乱。妻子知道丈夫同原先的法籍家庭女教师有暧昧关系，就向丈夫声明，她不能再同他生活在一起了。[④]

列夫·托尔斯泰，《安娜·卡列尼娜》

在日常生活中，让我们有所反应的绝大多数意外变化最后都被发现没什么事：发出"砰"的一声的只是一扇卡车门，那声音原来叫的不是你，

---

① 中译本选用荷马：《荷马史诗》，罗念生、王焕生译，人民文学出版社，2015。原文中的"阿基琉斯"改成了"阿喀琉斯"。——译者注

② 中译本选用卡尔·马克思：《共产党宣言》，中共中央马克思恩格斯列宁斯大林著作编译局译，人民出版社，2014。——译者注

③ ④ 中译本选用列夫·托尔斯泰：《安娜·卡列尼娜》，草婴译，译林出版社，2014。——译者注

而是一位母亲在叫她的孩子。因此，你又悄然陷入思绪之中，而这个世界也再次成为形与声组成的一抹混沌。然而时不时地，重大的变化仍会不期而至，迫使我们行动起来。这，就是故事的开始。

## 悬念　制造信息差的缺口
才能引发好奇心

要想激发读者的好奇心，设置意想不到的变化并非唯一的方法。大脑天然地具有掌控世界的使命，要想完成这一使命，大脑就需要充分地理解这个世界。这就使得人类拥有了永不餍足的好奇心，据说，在两岁到五岁之间，我们会向看护者提出大约四万个"解释性"的问题。人类对于了解事物的运作方式和背后的原理有着强烈的欲望。故事讲述者通过构建世界激发出这些本能，却不会为读者揭露出这些世界的全貌。

一直以来，许多心理学家都在探索人类好奇心的奥秘，其中最著名的可能要数乔治·洛温斯坦（George Loewenstein）教授。他记录了一项测试，在测试中，参与者面对电脑屏幕上的方形网格，需要点击其中的五个。一组参与者每点击一次，便会出现一个新的动物。而另一组参与者每点击一次，看到的则是同一只动物身上不同部位的小图。后一组参与者在按要求完成五次点击之后继续点击的可能性要比前一组大得多，他们会一直点到有足够多的方块翻转过来，揭示出动物的身份为止。因此，研究人员得出结论，当大脑意识到面对的"信息集"不完整时，似乎会自发产生好奇感。

洛温斯坦写道："大脑似乎具有填补信息差的自然倾向，即便是对于不重要的问题。"

在另一项研究中，研究人员向第一组参与者展示了三张人体部位的照片：双手、双脚和躯干。第二组看到了两个部位，第三组只看到了一个部位，而最后一组什么也没看到。研究人员发现，这些参与者看到的身体部位的照片越多，就越是想要看到此人全身的完整图像。洛温斯坦总结道，"好奇心和已知信息之间呈正比"。我们对一个谜题的背景信息了解得越多，就越是想要揭开它。随着故事的深入，我们就越来越想知道：小玻在哪里？"兔子"是谁，是怎么死的，以及叙述者和兔子的死有什么关联？[①]

好奇心的形状犹如一个小写的 n。当人们对一个问题的答案浑然不知或完全确定时，好奇心是最弱的。而当人们以为自己对问题有一些想法，但又不完全确定时，好奇心达到顶峰，而这也是讲故事的人尽情发挥才能的时刻。大脑扫描显示，好奇心被调动起来时，会对大脑的奖励系统产生刺激：我们渴望知道答案或是故事接下来的走向。这种让人痛并快乐着的状态，会让我们因渴望答案而如坐针毡，这种受虐般的快感的威力是不可否认的。在一次实验中，心理学家注意到一个有趣的现象，有些参与者"想要知晓答案的愿望非常强烈，虽然他们的好奇心能够在实验结束后免费得到满足，但他们却不惜付出金钱，只为早点得到信息"。

在论文《好奇心心理学》（*The Psychology of Curiosity*）中，洛温斯坦教

---

① 指《爱丽丝梦游仙境》里的白兔，被疯帽客踩死。——译者注

授将刺激人们不由自主地产生好奇心的过程归结为四个阶段:(1)提出问题或谜题;(2)展示一系列露出蛛丝马迹但无法确定答案的事件;(3)给出与人们的期望不符的答案,从而刺激他们去寻找解释;(4)认识到"他人拥有自己没有的信息"。

故事讲述者通过实践和直觉早已悟出了这些方法。信息差让阿加莎·克里斯蒂的读者和电视剧《头号嫌疑犯》(Prime Suspect)的观众产生了蠢蠢欲动的好奇心。在这些故事中,受众们要:(1)面对一个谜题;(2)接触到一系列露出蛛丝马迹但仍无法确定答案的事件;(3)被分散注意力的错误信息搞得措手不及;(4)因明白有人知道凶手身份以及作案方法但他们却被蒙在鼓里而心急如焚。通过深藏在那严谨认真的学术论文的细节,洛温斯坦教授已在无意间完美描述了一出警察刑侦剧。

撬动信息差的不只侦探故事。约翰·帕特里克·尚利(John Patrick Shanley)斩获普利策奖的舞台剧《虐童疑云》(Doubt),就巧妙地挑动了观众的欲望,他们想要知道,慈爱而具有反叛精神的天主教神父弗林到底是不是一个恋童癖。记者马尔科姆·格拉德威尔(Malcolm Gladwell)在提出洛温斯坦式"无足轻重的问题"来激发好奇心方面堪称高手,在《番茄酱难题》(The Ketchup Conundrum)这篇文章中,他将这一技巧发挥得淋漓尽致。在文中,他化身为一位侦探,发掘了亨氏番茄酱难以被超越的原因。

大众市场中那些非常成功的故事讲述者也同样依赖于信息差。J. J. 艾布拉姆斯(J. J. Abrams)与其他人共同创作了长篇电视剧《迷失》(Lost),这部电视剧的主角们在南太平洋岛屿上空的一场空难中神秘地幸存下来。在岛上，他们发现了神秘的北极熊、一群被称为"其他人"的神秘古生物、一个神秘的法国女人、一种神秘的"烟雾怪物"以及地下的一扇神秘金属门。仅在美国就有 1500 万名观众观看了第一季，在这一季中，创作者构建起一个世界，然后又往里灌注了让人云里雾里的信息差。艾布拉姆斯表示，在讲故事时，他的主要方法就是打开一系列的"盲盒"。他说："神秘是想象的催化剂……归根结底，故事不就是一系列的盲盒吗？"

## 虚构的真实　创建精确而具体的大脑模型

要想讲述关于你的人生故事，你的大脑就需要想象一个供你置身其中的世界，那是一个有色彩、有动作、有物体、有声音的世界。小说中的人物存在于人为创造的现实中，我们也一样。但是，有意识、活生生的人却不是这样的感觉。我们以为自己是在通过头骨向外看去，直接无碍地观察现实。但是，事实却并非如此。我们体验到的"外面"的世界，其实只是建立在我们头脑中的重现的现实。这，就是讲故事的大脑的一种创造行为。

那么，大脑是如何对事实进行重构的呢？你走进一个房间，大脑会期待那个场景应该是什么样子，有什么声音，是什么感觉，然后根据这些期待产生一种幻觉。你对周围世界的感知，就是这种幻觉。每分每秒，你都处于这种幻觉的中心。你永远也无法感知到真正的现实，因为你无法直接接触到它。神经学家、小说家大卫·伊格曼（David Eagleman）① 教授写道："想一想你周围这个美丽的世界以及其中的色彩、声音、气味和纹理。你的大脑并没有直接体验到其中的哪怕一样，而是被封锁在头骨里一个寂静的暗室中。"

有的时候，这种对现实的幻觉重现被称为大脑对于世界的"建模"。当然，这种对外部真实世界的建模需要具备一定的精准度，否则我们会在走路时撞上墙，甚至把叉子戳到自己的脖子里。在精准度上，我们要依靠自己的感官。我们的感官似乎非常强大：我们的双眼是水晶般的窗户，通过它们我们观察到了世界的一切色彩和细节；我们的耳朵是敞开的管道，生活中的各种声音可以在其中自由奔涌。但是，事实却并非如此。实际上，我们的感官向大脑传递的信息是有限且不完整的。

以我们的主要感觉器官眼睛为例。伸出手臂，看着你的大拇指指甲，这便是你以高清全彩模式一眼所能看到的全部。色彩在焦点外二三十度角处消失，视野的其他部分都是模糊的。你的眼睛有两个柠檬大小的盲点，并且每分钟眨 15 到 20 次，也就是说，在醒着的时候，你有 10% 的时间都是看不见的。你甚至没办法看到三维世界。

那么，我们体验到的视觉又为何如此完美呢？部分原因在于大脑对于变化的痴迷。视野中大片模糊的区域对于图案、纹理和运动的变化非常敏

---

① 大卫·伊格曼，享誉全球的脑科学家和神经学家，他的《大脑的故事》《隐藏的自我》《飞奔的物种》《死亡的故事》已由湛庐引进，分别由浙江教育出版社、北京联合出版社出版。——编者注

感。一旦发现意料之外的变化，我们的双眼就会派遣那个微小的高清中央凹去侦查。所谓中央凹，就是视网膜中央的一个直径为 1.5 毫米的凹陷。双眼所做的这个动作被称为"眼跳"，是人体内速度最快的动作。我们每秒能进行四到五次眼跳运动，一天超过 25 万次。现代电影制作人会在剪辑时模仿眼跳行为。心理学家对这种"好莱坞风格"进行研究后发现电影与眼跳类似，会配合新出现的显眼细节进行"动作剪辑"①，也和眼跳一样，会被像肢体运动这样的事件所吸引。

所有感官的任务都是从外界获取各种形式的线索，比如光波、气压变化和化学信号。获得的这些信息会被转化为数百万微小的电脉冲。实际上，你的大脑会像计算机读取代码一样对这些电脉冲进行读取，并会运用这些代码有意地构建你的现实，欺骗你相信这种受控的幻觉就是真实的。接下来，大脑便会让其感官起到核查事实的作用，每当发现意外情况，便会迅速微调向你展示的内容。

正是由于大脑对于信息的这种处理，有的时候，我们会"看到"实际上并不存在的东西。比如说，黄昏时分，你以为自己看到了一个弯腰驼背的怪人，他头戴礼帽，手拄拐杖，在一扇门前徘徊，而你很快就意识到，那只是一个树桩和一片荆棘而已。于是你对你的同伴说："我还以为我刚才看到了一个怪人在那里呢。"实际上，你"的确"在那儿看到了一个怪人，因为你的大脑以为他在那里，便把他放在了那里。然而，随着你的靠近，

_____

① 动作剪辑是一种影视剪辑法，在一个动作进行的过程中剪辑至与第一个镜头中动作连贯的另一个镜头。——译者注

大脑检测到了更新更准确的信息，于是迅速重绘场景，从而你的幻觉也得
到了更新。

　　类似地，我们也往往看不到实际存在的事物。有这样一系列经典实验，
要求参与实验的人们观看一段几个人传球的影像，并计算传球的次数。其
中一半的参与者都没看到一个穿着猩猩服的人径直走到屏幕中间，在胸部
捶打了三下，并逗留了整整 9 秒后才离开。而其他测试证明，我们还会"无
视"听觉信息（比如长达 19 秒的"我是大猩猩"的声音）、触觉信息和嗅
觉信息。大脑实际所能处理的信息量少得令人惊讶，超过其所能处理的信
息量之外的内容会被干脆地剪辑掉。因此这些内容就会不存在于我们幻想
出来的现实中，对于我们而言与隐形无异。这一现象有着非常严重的潜在
影响。在一次模拟停车测试中，58% 的见习警察和 33% 的经验丰富的警察
都"没有注意到副驾仪表台上明晃晃地放着枪支"。

　　当起到核查事实作用的这些感官受损的时候，情况自然变得更加棘手。
当视力突然出现缺陷时，人们对于现实的幻觉模型便开始忽隐忽现乃至完
全失效。有的人会在暗处看到小丑、马戏团动物甚至卡通人物。有信仰的
人则会看到明显的神迹。这些人既不是"疯子"，也不是寥寥无几的少数。
数百万人都受到这种症状的影响。托德·范伯格（Todd Feinberg）医生曾
写过一位名叫丽兹的枕叶中风病人的故事。受这种病症影响，这位病人的
大脑无法立即处理其"突然完全"失明的事实，因此会继续投射对于世界的
幻觉模型。在医院病床前，范伯格询问丽兹她的视力是否有任何问题。"没
有。"她说道。范伯格让她四下环顾，并告诉他看到了什么，她按要求动了
动头。

"能见到朋友和家人真好。"她说，"这让我感觉自己得到了精心照料。"

但是，她周围除了医生外一个人也没有。

"他们都叫什么？"范伯格说。

"不是每个人都认识。他们是我兄弟的朋友。"

"看看我。我穿的是什么衣服？"

"休闲服。嗯，夹克衫和裤子。主色调是海军蓝和褐红色。"

其实，范伯格穿的是白大褂。丽兹继续面带微笑地聊天，那样子"就好像完全没有一丝担忧"。

神经学家最近得出的这些成果，引出了一个令人毛骨悚然的问题：既然感官能力如此有限，我们怎么知道头骨的暗室外到底发生着什么？令人不安的是，我们确实不知道。就像一台只能接收黑白图像的老式电视机，对于周围电磁辐射汪洋中实际发生的绝大多数事情，人类的生物技术是根本无法处理的。人眼只能读取整个光谱中不到十万亿分之一的内容。认知科学家唐纳德·霍夫曼（Donald Hoffman）教授表示："在进化的过程中，我们获得了赖以生存的感官。但是进化也让我们无法直接接触到那些我们无须了解的信息。而这些信息占真实世界的绝大部分，因而我们无法了解真实世界的样貌。"

我们知道的是，真实世界与我们头脑里体验到的模型是截然不同的。比如说，真实世界是没有声音的。如果一棵树在森林中倒了下来，周围又没有人听到的话，那么它便只会造成气压的变化和地面的颤动。撞击只是一种发生在大脑内部的效果。撞到脚趾后感觉到的阵阵抽痛，也同样是一种幻觉。这种疼痛并不在我们的脚趾上，而是在我们的脑中。

现实中也不存在颜色。原子是无色的。我们确确实实"看到"的各种颜色，都是红锥、绿锥、蓝锥三种视锥细胞的混合。这使得我们这些智人在动物界里处于相对"贫乏"的状态：一些鸟类拥有六种视锥细胞；虾蛄拥有十六种；蜜蜂则能看到天空的电磁结构。它们能够体验到的五彩缤纷的世界，是人类所难以想象的。即便那些我们"看得到"的色彩，也会受到文化的影响。色彩是一种由大脑搭出的布景。有一种理论认为，我们从数百万年前就开始在物体上涂抹颜色，目的是识别出成熟的水果。颜色帮助我们与外部世界产生互动，从而更好地对其加以掌控。

我们唯一能够真正了解的，就是那些由感官传播给大脑的电脉冲。讲故事的大脑会利用这些脉冲创造出丰富多彩的场景，在这里上演我们的人生。大脑会在场景中填满一群怀揣梦想、性格各异的演员，挖掘出供我们理解的情节。即便睡眠也无法阻挡大脑继续编故事。梦境之所以感觉真实，是因为构建梦境的幻觉神经建模与我们清醒时生活于其中的建模是一样的。看到的是一样的，闻到的是一样的，甚至物体的触感也是一样的。人之所以会发疯，一方面是因为那些起到核查事实的感官罢工了，一方面则是因为大脑必须处理由这些感官暂时瘫痪所导致的神经活动紊乱。而大脑解读这种混乱的方法，与其解释其他事物的方法相同，即粗略地拼凑出一个世界的模型，并用想象打造出一个具有因果关系的奇妙故事。

从建筑物或楼梯上跌下，这是很多人都会做的梦，这种梦之所以被触发，通常是为了解释"肌阵挛"，即肌肉突然出现的一种剧烈收缩。的确，就像我们为了好玩而讲述的那些故事一样，梦中的叙事通常也是围绕有戏剧冲突且出乎意料的变化展开。研究人员发现，大多数梦境中都会出现至少一场危险而意外的变化，大多数人每晚最多会梦到五次这样的事件。从东方到西方，从城市到部落，在所有的相关研究中，梦境中的故事都有这个特点。心理学家乔纳森·戈特沙尔（Jonathan Gottschall）教授写道："最常见的是被追赶或袭击的情节。其他常见的主题包括从高空坠下、溺水、迷路或被困、在大庭广众之下赤身裸体、受伤、生病或死亡，以及遭遇天灾人祸。"

所以我们也就明白了阅读是如何发挥作用的。大脑从外部世界以各种形式获取信息，并将其转化成各种模型。当我们的眼睛扫过一本书的文字时，文字中包含的信息便会被转化为电脉冲。大脑会读取这些电脉冲，并根据这些文字所提供的信息建立一个模型。因此，如果书本上的文字描述了一扇铰链联结的谷仓门，读者就会在大脑中建立一个铰链联结的谷仓门的模型。他们能够在脑子里"看到"这扇门。同理，如果书上的文字描述了一个双膝后弯的 3 米高的巫师，那么大脑就会建立一个双膝后弯的 3 米高巫师的模型。我们的大脑会重建出故事作者原先想象出的世界模型。这就印证了列夫·托尔斯泰的那句真知灼见："受众能够意识到，一件真正的艺术品能够消弭他自己与艺术家之间的隔阂。"

一项关于此过程的巧妙科学研究，似乎捕捉到了人们在"观看"大脑有意构建的故事模型时的状态。[①] 参与者会佩戴跟踪其"眼跳"运动的眼镜。当参与者听到事件大多发生在视平线之上的故事时，双眼便会不断地微微

---

① 令人惊讶的是，相关研究表明，对于以第一人称"我"讲述的故事和以第三人称"他"或"她"讲述的故事，大脑并不认为有太大的分别。在背景充足的情况下，大脑会采取"观察者视角"，仿佛在远程观察故事的发展。

朝上,仿佛在有意扫描大脑根据场景生成的模型。而在听到发生在视平线之下的故事时,他们的双眼则会朝下。

阅读故事时,我们会在脑海中建立起幻想的故事模型,明白这一点后,我们在学校里学到的许多语法规则也就说得通了。在神经学家本杰明·卑尔根(Benjamin Bergen)教授看来,语法就像电影导演,会告诉大脑该在什么时候建立怎样的模型。他认为,"语法似乎能够调节一个人在被唤起的模拟场景中所专注的部分,以及模拟场景的精密度和呈现视角"。

根据卑尔根教授的理论,刚开始阅读文字时,我们就开始建立模型了,而不会等到将整个句子读完才开始。这就意味着,作者遣词造句的顺序是很重要的。正因如此,相比于"简给了爸爸一只小猫"这样的双及物结构,"简把小猫交给她的爸爸"这样的及物结构效果要更好,先想象简,再想象小猫,然后再想象简的爸爸。这样的词序,与作为读者的我们在现实中建立模型的顺序相符,也就是说,在心理上,我们是以正确的顺序体验场景的。作者做的事实际上就是在读者的大脑中生成电影,因此,作者应该想象读者的脑神经摄像机会如何捕捉一个句子的每个组成部分,从而特别使用那些能够打造出电影般质感的语序。

同样地,相比于"简的爸爸被简吻了一下"这样的被动语态,"简吻了一下爸爸"这样的主动语态效果要更好。若是在现实生活中亲眼看到这一幕,我们的注意力会被简一开始的动作吸引,从而看到这个吻。我们不可能只是呆呆地盯着她的爸爸,空等着什么事情发生。使用主动语态,读者就会模拟书中的场景，场景就会犹如发生在眼前一般。这样一来阅读更加容易，也更有代入感。

故事讲述者要想创建模型还需要使用另一个强大的工具，就是对具体细节的描绘。如果作者希望读者对故事中的世界进行有效建模，就应该耐下心来描述这个世界，描述得越精确越好。唯有通过精确而具体的描述，读者才能够进行精确而具体的建模。研究表明，要想营造栩栩如生的场景，就应该描述出物体的三种具体特征，此如"一张深蓝色的毛毯"或者"一支橙色条纹的铅笔"。

卑尔根教授的研究结果，也解释了为什么作家们被鼓励"应该去展示，而非去听"。1956 年，C. S. 刘易斯曾建议一位年轻的作家，与其告诉我们某件事"很可怕"，不如通过描述让我们感到恐惧；与其直接说某件事"有趣"，不如通过描述让我们在读完后大呼"有趣"。对于善于建模的大脑而言，"可怕""有趣"这样的形容词所包含的信息非常抽象，就如稀粥一般寡淡。要想感受到角色的惊恐、喜悦、愤怒、慌张或忧虑等情绪，大脑就必须对此进行建模。通过模拟场景，体会这些生动而具体的细节，大脑便会如身临其境一般感受到书中发生的一切。只有这样，该场景才能真正调动起我们的情绪。①

---

① 建模的大脑给我们带来的最后一条经验是：简单至关重要。人类所能注意到的内容是非常狭窄的。神经生物学家罗伯特·萨波尔斯基（Robert Sapolsky）教授写道："我们进化成人类的过程使得我们每次只能对一张脸做出反应。"我们作为狩猎者及采集者，只能专注于一只移动的猎物、一个成熟的水果或一个部落联盟。正因为这种狭隘的专注力，很多故事的开头会简单从某个人的视点开始，或围绕某一个问题展开。

早在大脑的建模过程被发现的 200 多年前，玛丽·雪莱（Mary Shelley）还只是一个十几岁的少女，但在介绍怪物弗兰肯斯坦时，她就在类似建模技巧上表现出了令人印象深刻的天赋，包括具有电影质感的词序、细致具体的描述，以及展示而非告诉：

> 当时已是凌晨一点，雨点啪嗒啪嗒地敲打在玻璃窗上，平添了几分凄凉之感。我的蜡烛快要燃尽了，就在这时，借着摇曳飘忽、行将熄灭的烛光，我看到那具躯体睁开了一双暗黄色的眼睛，正大口喘着粗气；只见他身体一阵抽搐，手脚开始活动起来。我披星戴月，吃尽千辛万苦，却造出这么个丑巴巴的东西，我现在真不知怎样描绘他的模样；目睹这一凄惨的结局，我现在又该怎样诉说我心中的感触？他的四肢长短匀称，比例合适；我先前还为他挑选了漂亮的五官。漂亮！我的天！他那黄皮肤勉强覆盖住皮下的肌肉和血管，一头软飘飘的黑发油光发亮，一口牙齿白如珍珠。这乌发皓齿尽管漂亮，可配上他的眼睛、脸色和嘴唇那可真吓人！那两只眼睛湿漉漉的，与它们容身的眼窝颜色几乎一样，黄里泛白；他脸色枯黄，两片嘴唇直僵僵的，黑不溜秋。[1]

构建一个具有代入感的世界，也可以通过调动感官来实现。当读者看到与触觉、味觉、嗅觉、听觉等相关的词语时，与这些感官相关的神经网络就会被激活，读者就会在脑中重现这些感觉。我们要做的，只是使用具体细节，使得感官信息（比如"烂菜"）与视觉信息（比如"棕色袜子"）配对起来。这个简单的技巧在帕特里克·聚斯金德（Patrick Süskind）的小说《香水》中被运用得淋漓尽致。小说讲述了一个孤儿的故事，他出生在

---

[1] 中译本选用玛丽·雪莱：《弗兰肯斯坦》，刘新民译，上海译文出版社，2020。——译者注

一个恶臭的鱼市，拥有惊人的嗅觉。通过构建气味的王国，主人公将我们带入了 18 世纪的巴黎：

> 街道散发出粪便的臭气，屋子后院散发着尿臭，楼梯间散发出腐朽的木材和老鼠的臭气，厨房弥漫着烂菜和羊油的臭味；不通风的房间散发着霉臭的尘土气味，卧室发出沾满油脂的床单、潮湿的羽绒被的臭味和夜壶的刺鼻的甜滋滋的似香非臭的气味。壁炉里散发出硫黄的臭气，制革厂里散发出苛性碱的气味，屠宰场里飘出血腥臭味。人散发出汗酸臭气和未洗的衣服的臭味，他们的嘴里呵出腐臭的牙齿的气味，他们的胃里嗝出洋葱汁的臭味；倘若这些人已不年轻，那么他们的身上就散发出陈年干酪、酸牛奶和肿瘤病的臭味……炎热像铅块一样压在公墓上，腐臭的蒸汽笼罩在邻近的街巷里，蒸汽散发出烂瓜果和烧焦的兽角混合在一道的气味。[①]

奇幻和科幻故事的讲述者将大脑这种自动建模的特点利用得淋漓尽致。似乎只需给一颗行星、一场古老的战争或是某个晦涩的技术细节取个名字，便能触发大脑为其建模的神经过程，就像这些东西真的存在一般。我小时候最开始爱上的书，就是 J. R. R. 托尔金（J. R. R. Tolkien）的《霍比特人》。书中的地图让我和我最好的朋友奥利弗为之着迷："刚达巴山""史矛革荒漠""巨型蜘蛛藏身的幽暗密林"。奥利弗的父亲为我们将这些地图影印了出来，使得我们开心了一整个夏天。在我们看来，托尔金在那些地图上勾画出来的地方，就像西尔弗代尔路上的糖果店一样真实存在。

---

① 中译本选用帕特里克·聚金斯德：《香水》，李清华译，上海译文出版社，2009。——译者注

在《星球大战》中，当汉·索罗吹嘘他的千年隼号飞船"不到 12 秒差距①就跑完了科舍尔航线"时，我们会有一种奇怪的感觉，一方面我们知道这是演员的胡言乱语，但另一方面我们又觉得这好像是真的。这句台词之所以会让我们产生那样的感觉，一是因为非常具体，二是因为听起来非常契合事实（因为"科舍尔航线"真的可能是一条走私线路的名字，而"秒差距"也真的是一种测量距离的单位，等于 3.26 光年）。尽管这种语言的某些内容的确很荒谬，但却没有让我们与故事讲述者虚构的幻觉世界脱节，反而让内容显得更有深度。

只需稍加一些暗示，科舍尔航线就成了现实。我们可以想象，这条航线的起点是一个布满灰尘的星球，能听到引擎隆隆作响的轰鸣声，感受到走私者出没时散发出的熏天臭气以及引起的喧嚣和暴力。《银翼杀手》中最广为人知的一幕也是如此，临死时，生化人罗伊·贝蒂对里克·德卡德说："我曾见过你们人类难以置信的东西。战舰在猎户座的肩端之外燃烧。我看见了 C 光束在汤豪泽之门附近的黑暗中闪烁。"

这些 C 光束！那扇大门！这些东西之所以神奇，是因为它们给了我们一点暗示，就像最吓人的恐怖故事里的怪物，这些东西给人感觉真实，好像真的存在这种生物一样，不是作者而是我们自己不断建模的想象力创造出来的。

---

① 秒差距是天文学长度单位，一种最古老也最标准的测量恒星距离的方法。——译者注

# 戏剧冲突　人类心智对他人想法的误判

大脑为我们打造的幻觉世界是特别定制的，是为满足我们具体的生存需要而打造的。和所有动物一样，我们人类只能探测到生存所需的现实世界非常有限的一部分。狗主要依靠嗅觉生活，鼹鼠主要依靠触觉来生活，而线翎电鳗是靠电流生活。人类的世界主要由人类构成。我们极其热衷社交的大脑，就是专门用来掌控由其他同类所组成的环境的。

人类在解读和理解他人的思想方面天赋异禀。要想掌控这个由人类组成的环境，我们就要有能力预测人们下一步的活动。人类行为如此重要又如此复杂，使得我们对其抱有永不餍足的好奇心。故事讲述者正是利用了这种机制和好奇心，他们所讲述的故事，深入探索了人们行为背后的迷人动机。

数十万年以来，我们一直都是一个具有社会属性的物种，我们的生存依赖于彼此间的合作。但普遍认为，通过过去一千世代的发展，这些社会本能才得到迅速的打磨和巩固。发展心理学家①布鲁斯·胡德（Bruce Hood）教授写道，这种对社会特征选择的"急剧加速"，让我们拥有了"精心设计来与其他大脑互动"的大脑。

---

① 发展心理学是一门旨在解释人的成长、成熟至衰老的发展过程的科学，研究一个人一生中思想、感觉和行为的变化。——译者注

对于那些在危险环境中活动的原始人类来说，攻击性和身体素质都是非常重要的。但是，随着人们彼此间合作的加深，这些特质的作用就减弱了。当人们开始定居聚落生活后，人们反而认为这些特质会带来麻烦。因此，较为成功的是那些善于与他人和平共处的人，而不是那些在身体上占优势的人。

而这种在群落中的成功会带来繁殖后代上的优势，因此慢慢地，一种新人类开始出现。跟祖先比起来这些人的骨骼没有那么强壮，肌肉量也大大减少，体力几乎减半。他们的脑化学物质和荷尔蒙使其更容易表现出适应群体定居生活的行为。他们在人际关系上不那么咄咄逼人，但却更加擅长在谈判、贸易和外交中所必需的心理操纵术，十分善于控制由人类大脑所构成的环境。

我们可以把这种不同之处类比为狼与狗之间的区别。狼的生存不仅依靠合作，也依靠争取主导地位和猎杀猎物，而狗的生存则是通过"操纵"主人，让主人愿意为它们做任何事。说起来有点难为情，我心爱的拉布拉多犬帕克把我的大脑控制得死死的，我竟然把这本书的致辞都献给了它。实际上，这可能不仅仅是个类比。胡德教授等研究人员认为，和狗一样，现代人类也经历过一个驯化过程。有许多证据能够佐证这一观点，例如，在过去的两万年里，我们的大脑缩小了 10% 到 15%，与人类驯养的大约三十种其他动物的大脑缩小程度相当。跟这些动物一样，我们能够被驯化意味着我们要比祖先更加温驯，更善于解读社交信号，也更加依赖别人。但是，胡德教授写道："没有其他动物的驯化程度能和我们人类相当。"我们的大脑最初的进化，可能是为了"应对充满肉食性动物、食物资源有限和气候恶劣的危险世界，但现在，我们则依靠大脑来应对同样难以预测的社会环境"。

难以预料的人类。这，就是故事的素材。

对于现代人类来说，掌控世界就意味着要掌控他人，也就是理解他人。我们天生对其他人抱有浓厚的兴趣，并能从他们的脸上获取有价值的信息。这种兴趣几乎是从我们出生开始就拥有的。猿类和猴子的父母几乎不会花时间去看其幼崽的脸，但人类却会情不自禁地被孩子的脸所吸引。相比于其他物体，新生儿对人脸最感兴趣，且在出生一小时后便会开始模仿。出生不到两个小时，他们就已经学会了通过笑容来掌控自己的社交世界。成人后，他们已非常善于解读他人，可以在短短不到一秒内自动推测出对方的地位和性格。我们古怪的大脑进化为极度痴迷他人的面部，这也带来了一些奇怪的副作用。因为对面部的痴迷，我们几乎可以在任何地方看到脸庞，无论是在火焰中、云朵中、令人毛骨悚然的长廊尽头，还是在烤面包上。

另外，我们还能在各处感受到其他人的所思所想。大脑不但为外部世界建模，同样也为心智建模。这种技能被称为"心智理论"[①]，是我们社交宝库中必不可少的武器。通过这种技能，我们能够在别人不在场的情况下想象出他们的思想、感受以及图谋，我们可以站在他人的视角来体验世界。

---

① 心理学术语，指理解自己及周围其他人心理的能力，包括其信仰、欲望、意图、情感和思想。——译者注

心理学家尼古拉斯·埃普利（Nicholas Epley）教授认为，这种能力能够赋予我们超出我们想象的力量，对讲故事至关重要。他写道："我们这个物种之所以能够征服地球，是因为我们具有理解他人思想的能力，而不是因为我们拥有对生拇指或是能够灵活使用工具。"从四岁左右开始，我们就在发展这一技能。从那时起，具备了理解叙事逻辑能力的我们，已经能够理解故事了。

当人类能够将想象出来的他人思想植入自己的思想时，便有了宗教。狩猎采集部落的萨满会进入催眠状态，与灵魂交流，并利用这些交流尝试掌控世界。过去的宗教具有典型的万物有灵色彩：我们讲故事的大脑会将类人思想投射到树木、岩石、山脉和动物身上，想象它们被掌管多变环境的神灵附身，需要通过仪式和祭祀加以把控。

童话故事反映出，人类天生非常擅长探测心智。在这些故事中，类人思想随处可见：镜子会说话，猪会吃早餐，青蛙会变成王子。孩子们会很自然地将自己的玩偶和泰迪熊当作有灵魂的东西。还记得，比起商店里买的棕熊玩偶，小时候的我更喜欢祖母亲手缝制的粉色小熊，这让我非常内疚。我当时认为他俩都知道我心里的想法，因此觉得心烦意乱。

我们从来没有真正走出这种与生俱来的认为万物有灵的思想。在手指被夹住时，疼得晕头转向的我们认为门是恶意袭击，从而生气地踹门，这种事谁没有做过呢？让衣柜"去死"，这种话有谁没说过呢？晴天就对第二天充满期待，阴天就唉声叹气，这种可笑的文艺病有谁的故事大脑没有犯过呢？研究表明，那些认为自己的车也有人格的车主，对于把车卖掉兴致缺缺。而银行家则会将人类的情绪投射到市场动向上，并据此进行交易。[①]

在阅读、聆听或观看故事时，我们会运用心智理论技能，自发地为故事中角色的思想构建幻觉模型。一些作者沉迷于为作品中角色的思想建模，甚至能够听到角色的对话。查尔斯·狄更斯（Charles Dickens）、威廉·布莱克（William Blake）和约瑟夫·康拉德（Joseph Conrad）都曾谈到过这些奇妙的经历。小说家、心理学家查尔斯·弗尼霍夫（Charles Fernyhough）教授主持的一项研究发现，有19%的普通读者称，即使在放下书后，他们仍能听到虚构人物的声音。有的人称自己仿佛被作品附了身，自己思想的基调和性质都受到了书中角色的影响。

然而，人类虽然擅长这些心智理论的技巧，但也容易极大高估自己这方面的能力。虽然人们普遍认为用数字绝对精确地量化人类行为十分荒谬，但一些研究表明，陌生人解读他人想法和感受的准确率仅为20%。那么对于朋友和爱人呢？准确率也仅有35%。对他人想法的错误理解，是导致人类冲突的一大原因。一生中，我们难免会在尝试掌控他人时对其想法和反应做出错误的预估，从而引起争吵、冲突和误解，并因此在我们的社交世

---

① 在遇到问题时，大脑讲故事的本能会变得异常活跃。无论是汽车还是电脑，故障越多，拥有这些物品的人就越有可能认为它们有"自己的思想"。埃普利对这些人进行了脑部扫描。他写道："我们发现，在思考这些不可预测的小玩意儿时，参与思考他人思想的神经区域也会被激活。"遇到麻烦，当大脑的预测失败时，我们就会切换到故事模式。我们狭隘的注意力开始集中，意识被调动起来。就这样，在别人的童话中，我们的大脑受到促发，等待着情节的发展。

界中引发意料之外的恶性循环。

无论是莎士比亚、约翰·克里斯（John Cleese），还是康妮·布斯（Connie
Booth），他们创作的喜剧故事，往往都建立在这种误解上。但无论以何
种方式讲述，那些精心构思出来的角色总会对其他角色的想法抱有自己的
想法，这些想法在故事里往往都是错误的，而这样的错误想法，会带来意
想不到的后果，引发更多的戏剧冲突。著名导演亚历山大·麦肯德里克
（Alexander Mackendrick）曾写道："在甲看来，乙对自己有什么看法？这是
我一开始便会提出的问题。这听起来很复杂，实际上也的确如此，但这正是
让角色更有分量、从而赋予整场戏分量的精髓所在。"

在经典著作《革命之路》（*Revolutionary Road*）中，作者理查德·耶茨
（Richard Yates）利用预期想法的错误打造了一个充满戏剧冲突的关键时刻。
小说描述了弗兰克和艾普丽尔·惠勒逐渐破裂的婚姻。年轻的弗兰克和艾
普丽尔刚刚坠入爱河之时，都梦想在巴黎过上放荡不羁的生活。当我们在
书中看到这两人时，中年的现实已然朝他们袭来。弗兰克和艾普丽尔育有
两个孩子，第三个孩子也即将出生，一家人搬到了一个平平无奇的郊区居
住。弗兰克在父亲以前的公司拥有一份稳定的工作，已经适应了这种午餐
喝得酩酊大醉、家有贤妻照管的闲适生活。但是，艾普丽尔并不幸福，她
仍然梦想着巴黎的生活。两人吵得不可开交。艾普丽尔拒绝和弗兰克同
房。于是弗兰克跟公司的一个姑娘上床了。然后，他便犯了预期想法的
错误。

为了打破与妻子的僵局，弗兰克决定坦白自己的不忠行为。在他的预

期想法里，艾普丽尔心情会是这样的：一开始得知丈夫出轨后，她会陷入崩溃的状态，然而这种崩溃的状态会让她意识到另一个事实。的确，她会泪如雨下，但这些眼泪也一定会让这位与他有多年肌肤之亲的伴侣回忆起与丈夫坠入爱河的往事。

然而，事情并非如他所料。对于弗兰克的坦白，艾普丽尔只是问他："为什么？"不是问他为什么要和那个姑娘上床，而是问他为什么要费口舌告诉她。她根本没把他的这种露水情缘放在心上。现实与弗兰克预料的大相径庭。他多希望她能在乎！艾普丽尔告诉他："我知道你希望我在乎。我觉得，如果我还爱你，我是会在乎的。但事实是，我就是不在乎。我不爱你，我从来没有真正爱过你，直到这周，我才意识到这件事。"

## 有意义的细节　模仿大脑应对压力峰值的时刻

当我们的双眼四处扫视，构建我们所看到的世界时，大脑会有所选择地指挥双眼看向哪里。没错，我们会被变化吸引，但也会被其他显眼的细节吸引。科学家曾经认为，注意力只会跟随那些引人注目的物体，但最近的研究表明，我们注意到那些我们认为另有深意的事物的可能性更高。遗憾的是，即使如此，对"有意义"的界定尚不清晰。但跟踪眼跳运动的实验发现，一个凌乱的架子要比一面阳光下的墙壁更能吸引注意力。对于我来说，那个凌乱的架子暗示着与人类有关的变化、生活的细节以及为秩序而存在的器物中蠢蠢欲动的混乱。测试者的大脑会被这个架子吸引，没什么好大惊小怪的。这个架子能够告诉我们一些故事，而阳光并不会让人觉得有什么大不了的。

另外，故事讲述者也会精心选择那些另有深意的细节出现的时机。在《革命之路》一书里，那个自以为是的错误对弗兰克产生了很大的影响，他的人生开始走向一个意想不到的全新方向，就在这时，作者将我们的注意力引导到了一个巧妙的细节上。那是收音机里传出的急切声音："好消息！秋季大减价！罗伯特·霍尔商场所有休闲短裤和运动牛仔裤大减价！"

这个细节真实得令人心碎，在恰当的时机描绘出艾普丽尔正身处令人窒息的如绝境般的家庭主妇生活之中。另外，作者选择的时机也隐晦地告诉我们弗兰克是什么样的人并加以谴责。曾经的他认为自己奉行的是波希米亚主义，希望过非传统的生活，有自己的思想！而今，他却沦落成了一个"买大减价短裤的男人"。这则广告，就是为他播放的。

众所周知，导演史蒂文·斯皮尔伯格擅用显眼细节来创造戏剧冲突。在《侏罗纪公园》中，在霸王龙第一次出场前，我们看到汽车仪表盘上有两杯水，从地面发出的低沉隆隆声导致水面震出一圈圈的波纹。镜头在不同乘客的脸之间切换，每个人的表情都渐渐出现了变化。然后，我们看到后视镜随着恐龙的踩脚震动起来。诸如此类的侧面细节，模仿了大脑在压力达到顶峰时的处理方式，从而加剧了紧张感。比如说，在意识到即将撞车时，大脑需要暂时提高把控世界的能力。大脑处理信息的能力激增，使得我们开始意识到环境中的更多特征，从而出现时间仿佛慢下来的效果。

故事的讲述者也是通过这种方式——添加额外的眼跳瞬间和细节来拉长时间，从而制造悬念。

## 隐喻  激活神经网络的
##        联想机制

在我家乡的公园里有一条长椅，我不喜欢从那条长椅旁走过，因为那里还残留着我和初恋情人分手的痛苦回忆。每次经过那条长椅，那段回忆就阴魂不散地跟着我，也许对她而言也是如此，但是其他人则不会有这种反应。即使我走远了，看不到那条长椅了，这种感觉仍然挥之不去。人们的世界中不仅萦绕着各种思想和面孔，还充斥着各种回忆。我们以为，"看"这个行为单纯是指对颜色、运动和形状的探测，实际上，我们都戴着过去的滤镜。

我们所处世界的脑神经幻觉模型，由更小也更新的模型构成，无论是公园长椅、恐龙、恐怖组织，还是冰激凌，任何东西都有其脑神经模型，且每个模型都与我们的个人经历息息相关。我们看到的不仅是事物本身，还有与之联系的所有事物，我们不仅能看到，还能感觉到。我们的注意力放在哪里，就能触发某种感觉，只不过绝大多数的感觉非常微妙，我们不能明显地察觉到罢了。这些感觉一闪而过，转瞬即逝，在我们察觉之前已经存在，从而对我们的思维产生影响。所有这些感觉最终会化为两种冲动：要么前进，要么后退。当我们的双眼扫过任何场景，我们的心中就充斥着各种各样的感觉；我们所看到的物体带来的各种感觉，无论积极还是消极，就像细雨一般洒向我们。理解了这一点，我们就迈出了在书本上创造迷人的原创角色的第一步。和生活中的人物一样，小说中的人物也活在自己独特的思想世界里，在那里，他们看到和触摸的一切都有其独特的意义。

我们解读周遭世界的方式，决定了我们的感情世界。我们对万事万物建立的模型，都是以神经网络的形式存储的。比如说，当我们注意到一杯红酒时，大脑不同部位的大量神经元会被同时激活。亮起的区域并非某个具体的"一杯红酒"这样一个区域，而是对"液体""红色""发光的表面""透明的表面"这些东西产生的反应。当足够多的这类信息被触发时，大脑就理解了眼前的东西，并构建出这杯酒，让我们"看到"。

但是，这些神经反应并不只是对于外表的表述。当我们看到一杯葡萄酒时，与其相关的联想也会进入我们的脑海：苦中带甜的味道、葡萄庄园、葡萄、法国文化、白色地毯的暗色酒渍、前往巴罗萨谷[①]的公路旅行、上次喝醉出洋相的情景、第一次喝醉出洋相的情景、袭击我们的那个女人嘴里的酒气。这些联想，能对我们的认知造成巨大的影响。研究表明，喝葡萄酒时，我们对酒的品质和价格的了解能够改变对其味道的实际体验。描述食物的方式，也能带来类似的效果。

赋予诗歌以力量的，也正是这种联想思维。一首成功的诗歌对我们的联想网络产生影响的方式，与演奏竖琴的方式相同。经过巧妙的排列，几

———————

① 巴罗萨谷（Barossa Valley）：澳大利亚最古老的葡萄酒产区之一。——译者注

个简单的词语便能轻轻拂过深埋于脑海中的记忆、情感、快乐和创伤，所有这些，都以神经网络的形式存储在脑中，然后在我们读到它们时被激活。通过这种方式，诗人便能"弹奏"出意义深远的精彩和弦，让我们产生深刻的共鸣，而我们自己都无法理解为何感受会如此震撼。

艾丽斯·沃克（Alice Walker）的诗歌《葬礼》（*Burial*），描述了诗人带着孩子来到位于佐治亚州伊顿顿的一座公墓的情景，几代先人都长眠于此。她这样描述埋葬在这里的祖母：

> 不动声色地
> 埋在佐治亚州的阳光下，
> 步伐整齐的牛蹄，踏过她的头顶。

接着她写道，坟墓"猝不及防地猛然打开"：

> 用野生的常春藤和黑莓，
> 既痛苦又幸福，还带着种神圣感。
> 没有人知道原因，也无人过问。

第一次读《葬礼》的时候，这一节末尾的几行在我看来几乎不合逻辑，但即便如此，我仍然一眼就觉得这几行诗句是那么美丽、难忘而伤感：

> 如鸟儿一样，忘记地域的细节，
> 远走高飞的年轻人奔向南方，

去埋葬逝去的老者。

我们之所以能够进行隐喻思考，同样也得益于这些联想过程。语言研究表明，在口语和书面语中我们大约每十秒就会用到一个隐喻，这实在太惊人了。如果这听起来多得超乎想象，那是因为你已经对隐喻思维习以为常了，你习惯了说，思想是"孕育出来的"，雨下得"天都漏了"，怒火"熊熊燃烧"，或某人是个"王八蛋"，但你没有意识到这种表达方式其实用到了隐喻。我们建立的模型中不仅萦绕着我们自己的身影，也充斥着其他事物的特质。在 1930 年创作的散文《街头漫步》（*Street Haunting*）中，弗吉尼亚·伍尔夫在一个优美的长句中用到了几处微妙的隐喻：

> 此时此刻，伦敦的街道多美啊，灯光有如座座岛屿，夜色宛若丛丛长林。在街巷的一边，或许是块草地，稀稀疏疏长着几棵树，就是从这儿，夜色缱绻，安然入睡。我们走过铁栏杆，听到嫩枝细叶悄声窸窣，似乎让人以为这四下是沉静的田野。一只猫头鹰在啼鸣，这处山谷里火车咣当咣当在前行。[1]

神经学家正在寻找充分的证据，说明隐喻对人类认知的重要性要远远超出人们的想象。许多神经学家认为，隐喻是大脑理解诸如爱、快乐、社会和经济等抽象概念的重要方式。如果不把这些抽象概念与具有实体的概念联系起来，比如那些绽放、温暖、伸缩的东西，我们就不可能对这些概念有任何有实际意义的理解。

---

[1] 中译本选用《企鹅经典：小彩虹（第一辑）》，弗吉尼亚·伍尔夫：《自由》，吴晓雷译，中信出版社，2019。——译者注

　　隐喻以及它的"好伙伴"明喻在文本中往往通过两种方式发挥作用。我们拿迈克尔·坎宁安（Michael Cunningham）的《末世之家》中的句子举例："她把旧塑料袋洗好，挂在绳子上晾干，就像是一串节俭而温顺的水母，在阳光之中漂浮。"这个隐喻主要是通过打开信息差来发挥作用的。这句话对大脑提出了一个问题：塑料袋怎会是水母呢？为了找到答案，我们想象出这个场景。在坎宁安的引导下，我们对他的故事建立了一个更加栩栩如生的模型。

　　在《乱世佳人》中，玛格丽特·米切尔（Margaret Mitchell）用隐喻塑造的并非视觉画面，而是抽象概念：

　　　　他那么神秘莫测，像扇既没有钥匙，也没有锁的门，才激起了她的好奇心。[1]

　　在《长眠不醒》中，雷蒙德·钱德勒（Raymond Chandler）用隐喻的方式将深刻的意义浓缩在短短一句话中：

　　　　死者的尸体要比破碎的心沉重得多。[2]

　　对大脑的扫描则让我们看到了隐喻的另一种更加强大的作用。在一项研究中，与读到"他今天过得很糟糕"相比，当参与者读到"他今天过得

---

[1] 中译本选用玛格丽特·米切尔：《乱世佳人》，陈良廷译，上海译文出版社，2010。——译者注

[2] 中译本选用雷蒙德·钱德勒：《长眠不醒》，傅惟慈译，新星出版社，2008。——译者注

很不顺"时，负责感受物品质感的神经区域活跃程度更高。在另一项研究中，与"她担负重任"这句话相比，参与者读到"她肩负重任"时，与身体运动相关的脑神经区域则要更加活跃。这便是用诗化的语言进行散文写作的魅力所在。这种写法之所以有效，是因为它激活了更多的脑神经模型，从而为文字赋予了更多的意义和感觉，我们能感受到"肩负"一词承载的沉重和紧张，也能"触摸"到日子那粗糙不顺的质感。

格雷厄姆·格林（Graham Greene）在《安静的美国人》中充分利用了这种效果。书中写到断了腿的主人公不情愿地接受了对手的帮助："我气得直想从他身上移开，自己撑着站起来，但是疼痛又回来了，像一列火车在隧道里那样奔袭而来。"[1]这个暗喻用得恰到好处，让读者读到这里仿佛也感受到了这种疼痛。读者仿佛感觉到脑神经网络被激活，并贪婪地彼此借用信息：四肢疲软，骨头断裂，全速前进、无可阻挠、风驰电掣般的疼痛，顺着腿部的隧道呼啸而来。

在《微物之神》中描述阿穆和瓦鲁萨两个角色的性爱场景时，阿兰达蒂·洛伊（Arundhati Roy）利用隐喻营造出充满肉欲的效果："她能通过他感受到自己，她的肌肤。只有被他抚摸过的地方，她的身体才存在。余下的部分，都是烟雾。"

18 世纪作家、评论家德尼·狄德罗（Denis Diderot）使用了两个对比

---

[1] 中译本选用格雷厄姆·格林：《格林文集：安静的美国人》，坦贝译，江苏凤凰文艺出版社，2018。——译者注

鲜明的明喻打出了一套漂亮的组合拳，有力申明了自己的论点："浪荡之人是丑陋的蜘蛛，却往往能捉到美丽的蝴蝶。"

暗喻和明喻都可以用来营造气氛。挪威作家卡尔·奥韦·克瑙斯高（Karl Ove Knausgaard）在其小说《父亲的葬礼》（*A Death in the Family*）中，描述了儿子在清理刚去世父亲的房子途中走到外面抽烟休息的情景。在外面，他看到"塑料瓶侧倒在雨滴点点的砖地上。瓶颈让我想到了炮口，看起来好像炮筒指向四面八方的加农炮一般。"克瑙斯高的措辞出其不意地拨动读者为枪炮建模的神经，给整段文字增加了死亡和怨怒的气氛。

通过大量使用隐喻，查尔斯·狄更斯这样的叙述大师一次又一次调动我们的联想模型，用精妙的手法逐步加深意义。在《圣诞颂歌》中，他将写作功力发挥得淋漓尽致，他是这样向我们介绍埃比尼泽·斯克掳奇的：

> 他心中的冷酷，使得他那苍老的五官冻结了起来，尖鼻子冻坏了，脸颊干瘪了，步子也僵硬了；使得他的眼睛发红，薄薄的嘴唇发青；说话精明刻薄，声音尖锐刺耳。他头发已经白得像霜一样，一双眉毛和瘦削结实的下颌也都是这样。他总是带着自己一身的冷气，人走到哪儿，就带到哪儿；在大热天里，他使自己的办公室冰冻起来；即使到了圣诞节，还是不让气温上升一度来解冻。外界的转冷变热，对于斯克掳奇丝毫不起作用。无论怎样炎热都不能够使他温暖，无论怎样酷寒也不能够使他发冷。风随便刮得怎样凶，也比不上他的心那样狠；雪随便下得怎样猛，也比不上他求财之心那样迫切；淫雨随便下得怎样大，也比不上他

那样从来不听人恳求。①

作家、记者乔治·奥威尔深谙如何使用有力的暗喻烹饪出美味佳肴。在小说《一九八四》描写的极权主义背景下，对于主人公温斯顿和爱人裘莉亚能够安然置身其中、不受国家监视的小房间，他是这样形容的：

> 这间屋子本身就自成一个天地，过去世界的一块飞地，现已绝迹的动物可以在其中迈步。②

在下文中这段关于写作的文字中，奥威尔仍一如既往地一语中的，这也是意料之中的事情。1946 年，他指出："新颖的隐喻可以通过唤起视觉形象来帮助思考。"然后又警告人们不要过度使用"老套的隐喻，这些隐喻已经失去了所有唤起想象的力量，之所以被使用，只是因为它们为人们省去了自己创造短语的麻烦"。

一种观点认为，常用的隐喻会因过度使用而变得失去生命力，不久前，有人对这一想法进行了测试。研究人员让参与者阅读与动作相关的隐喻（比如"他们抓住了这个概念"），并对他们进行了大脑扫描，其中有的隐喻毫无新意，有的则别出心裁。神经学家本杰明·卑尔根教授写道："表达方式越是常见，对大脑的运动系统刺激程度就越低。换句话说，至少从隐喻表

---

① 中译本选用查尔斯·狄更斯：《圣诞颂歌》，汪倜然译，上海译文出版社，2009。——译者注

② 中译本选用乔治·奥威尔：《一九八四》，董乐山译，上海译文出版社，2011。——译者注

达对于大脑模型的刺激程度来看，随着使用的增多，这些表达的逼真和生动程度会越来越低。"

## 因果关系　大脑会自动将混乱的信息简化处理

在 1932 年的一项经典实验中，心理学家弗雷德里克·巴特利特（Frederic Bartlett）为参与者朗读了一个传统的美国原住民的故事，并要求他们在不同的时间间隔后凭记忆复述这个故事。故事名为《幽灵之战》（The War of Ghosts），只有短短 500 多字，讲述了一个男孩被迫参战的过程。在战争中，一位战士告诉男孩他中了枪。男孩低头看去，却没有在他身上看到任何伤口。男孩意识到，所有的战士其实都是幽灵。第二天早上，男孩面容扭曲，嘴里吐出黑色的东西，然后倒地而死。

至少对于参加此项实验的英国人来说，《幽灵之战》中有许多不寻常的特点。一段时间过后，参与者对故事进行复述，巴特利特发现，他们的大脑做了一些有趣的事。他们对故事进行了简化和整理，改变了许多"出乎意料、跳脱和无关紧要"的特点，增加了故事的熟悉程度。他们删减了一些细节，又添加了一些细节，对另一些细节进行了重新编排。"遇到难以理解的地方，他们会进行删减或解释"，就好像一位编辑修改令人困惑的故事一样。

　　将混乱随机的信息整理成一个容易理解的故事，这是讲故事的大脑的基础功能。围绕我们的通常是混乱的信息，为了帮助我们感觉情况在我们的掌控之中，大脑便通过故事对整个世界进行彻底简化。虽然估计的数字时有变化，但一般认为，大脑在任一瞬间要处理大约 1100 万比特的信息，但我们意识到的信息却不超过 40 比特。大脑会对繁杂的信息进行整理，并决定将哪些重要信息置于意识流中。

　　在一个拥挤的房间里突然听到有人在一个遥远的角落喊你名字时，你或许就会意识到上面说的这种过程。这种经历表明，大脑一直在对各种对话进行监测，当发现某个对话对你很重要时，就会提醒你。这是大脑在为你构建故事：在周围混乱的信息中进行筛选，并只将重要的内容展示给你。这种用叙述来简化复杂事物的方法，同样适用于记忆。人类的记忆既是"片段式的"，因为我们倾向于将混乱的过去作为一种高度简化的具有因果关系的事件来体验；也是"自传式的"，因为这些彼此相连的片段记忆中，充斥着个人和道德层面的意义。

　　这样的故事创作过程，并非只由大脑中的单一部分负责。虽然大脑的大部分区域各司其职，但大脑活动的分布远比科学家曾经认为的更为分散。然而，若没有新皮质这一最新进化出的区域，我们也不会成为讲故事的人。新皮质是一层薄薄的物质，厚度大约与衬衣领子相同，形状弯折重叠，大约 0.9 米长，在额头的下方叠成一层。新皮质的关键任务之一，就是跟踪我们的社交生活。新皮质能够帮助我们解读身体姿势和面部表情，并为心智理论的实现提供条件。

大脑皮层不仅处理人际关系，还负责进行复杂的思考，包括计划、推理和建立横向联系。心理学教授蒂莫西·威尔逊（Timothy Wilson）写道，人类与其他动物的主要区别之一就在于，我们的大脑善于针对"正在发生的事情及其发生的原因构建详尽的理论和解释"，在此，他主要所指的是大脑的新皮质。

这些理论和解释通常以故事的形式出现。我们所知的最早一个传说，讲述的是一头熊被三个猎人追赶的故事。熊被击中，鲜血洒在森林地面的树叶上，在它身后是充满各种颜色的秋天。然后，熊爬上一座山，跃入天空，成了天上的大熊座。在古希腊、北欧、西伯利亚和美洲都有不同版本的"宇宙狩猎"神话，讲述上述版本的，是易洛魁族印第安人①。鉴于这种传播模式，人们认为现在的阿拉斯加和俄罗斯之间曾经存在一座大陆桥。如此说来，这个故事应该诞生于公元前 28000—前 13000 年。

"宇宙狩猎"神话听起来像是人类典型的胡言乱语。或许起源于某个梦境，抑或源自萨满教的幻觉。然而这段故事的起源也可能是这样的，某个人在某个时刻问另一个人："嘿，为什么那团星星看起来像一只熊？"另一个人像智者一样长叹一口气，倚在一根树枝上说："好吧，这是个有趣的问题……"然后，在 20000 年后的今天，这个故事还在流传。

即使面对关于现实最深刻的问题，人类的大脑也倾向于挖掘故事。什

---

① 美洲印第安人的一支，生活在美国纽约州、威斯康星州以及加拿大的安大略省和魁北克省等地。——译者注

么是善？什么是恶？我该如何处理自己满腔的爱恨贪嗔痴恶欲？到底有人爱我吗？死后会发生什么呢？这些问题的答案不会以数据或公式的形式自然而然地呈现出来，而是通常由开头、过程和结尾构成，并且，其中的角色都有自己的想法，有些英勇正义，也有些卑鄙邪恶，所有角色共同上演着充满戏剧冲突的多变情节。而这些情节，则是由一些难以预料且意味深长的事件构成的。

要想理解大脑如何将周围的海量信息简化为一个故事，我们就要理解讲故事的一个重要原则。大脑构建的故事有一个基本的因果结构。无论是面对记忆、宗教，还是《幽灵之战》这样的故事，大脑都会将混乱的现实简化重建为事事因果相连的叙事。因果关系是我们理解世界的基础，大脑会不由自主地构建因果联系，这个过程是自动自发的。我们现在就可以测试看看。试着想一下这两个词：香蕉、呕吐。对于你的大脑中刚刚发生的事情，心理学教授丹尼尔·卡尼曼（Daniel Kahneman）[1]是这样描述的："虽然没有什么具体原因，但你的大脑会自动在香蕉和呕吐这两个词之间建立起一个时间顺序和因果关系，构成一个香蕉导致呕吐的粗略场景。"

卡尼曼的测试让我们看到，即使在不存在因果关系的地方，大脑也会构建起这种关系。20 世纪初期的苏联电影制作人弗谢沃洛德·普多夫金（Vsevolod Pudovkin）和列夫·库列绍夫（Lev Kuleshov），就曾经探索过利用因果关系创作故事的效果。他们选取了一位著名电影演员面无表情的画

---

① 丹尼尔·卡尼曼是诺贝尔经济学奖得主、行为经济学之父，他的《噪声》已由湛庐引进，浙江教育出版社出版。——编者注

面，分别与一碗汤、一具棺材中的女性尸体和一个把玩玩具熊的小女孩的素材镜头放在一起，并向人们展示了每个画面。"实验结果非常精彩。"普多夫金回忆道，"公众对这位演员的表演赞不绝口，指出他是因为忘了喝汤而闷闷不乐，看着死去女人感到悲痛欲绝，观察玩耍的女孩感到快乐而面带微笑。但我们知道，在这三组画面中，我们展示的是同一张脸。"①

后来进行的实验也验证了这两位电影制作人的研究结果。当看到移动的简单卡通图形时，观众会不由自主地将泛灵论运用到它们身上，并将眼前的事情建立因果关系：这个球正在欺负那个球；这个三角形正在攻击这条线，等等。当看到屏幕上随机移动的圆盘时，观众则会推测出子虚乌有的追逐顺序。

因果关系是大脑的自然语言，也是大脑理解和解释世界的方式。引人入胜的故事是以环环相扣的因果关系架构起来的。畅销小说和卖座影片的成功秘诀在于持续向前推进的情节，一个事件直接导致另一个事件。曾经斩获普利策奖的剧作家大卫·马梅特（David Mamet），于 2005 年担任电视剧《秘密部队》（The Unit）的导演②。因为编剧写出的场景缺乏因果关系，有的戏份的存在意义只是为了传递说明性信息，他对此大失所望，发布了一篇全文加粗加黑的愤怒评论，后在网上流出（为了不让大家的耳朵被他

---

① 据说，第三个镜头实际上是一个迷人女人斜靠在躺椅上，这时，观众们会将欲望投射到演员身上。在 1954 年翻译出版的《电影技巧与电影表演》（Film Technique and Film Acting）一书中，普多夫金描述的则是玩具熊的镜头。

② 电视连续剧创意和执行上的主要制作人。在美国电视制作系统中，节目统筹通常是担任执行制片人的角色。——译者注

的"怒吼"振聋，我在下文中使用了正常字体）："任何一场既不能推动情
节发展又不能独立存在的戏份（意指一场戏从其艺术效果而言不能独立存
在），要么是多余的，要么就是写得有问题。"他继续写道，"每次动笔，都
要遵循这条铁律：这场戏必须具有戏剧冲突。必须以主人公遇到问题作为
开头，以主人公遇阻受挫或意识到另一解决方式作为高潮。"

不存在因果关系的戏份往往很无聊，但这不是重点。因果关系过于松
散的情节可能让人感到困惑，因为这种情节说的不是大脑的语言。《穿普拉
达的女王》的编剧艾莲·布洛什·麦肯纳（Aline Brosh McKenna）也是这
么认为的，她说："每场戏都应该用'因为'连接，而非'然后'。"①大脑不
容易理解"然后"。如果发生了一件事，然后我们在停车场看到一个刚刚目
睹有人被刺的女人，然后时间回到 1977 年，我们在一家母婴用品服饰店里
发现了一只老鼠，然后又看到一位老人在闹鬼的梨园里吟唱水手之歌，那
么编剧就是在为难观众。

但有的时候，这种情况却是有意为之。商业故事和文学故事的一个本
质区别，就在于二者对于因果关系的运用。适应大众市场的故事节奏快、
内容清晰且易懂，而在高级文学②中，变化则往往是缓慢和模糊的，需要读
者动用大量的脑力，去自行思考和解密其中的联系。许多小说以长篇描写

---

① 全句是："你的每场戏之间，都应该有一个'因为'，而不是一个'然后'。让一切引出
　一切、让一切都建立在一切之上，你要在这一点上不断学习，不断提高。但我注意到，
　现在的剧情似乎变得非常碎片松散，尤其是动作电影中。"
② 一般指艺术性较高的文学，没有客观的区分标准，与通俗的"大众"文学相对。——译
　者注

著称，比如马塞尔·普鲁斯特（Marcel Proust）的《在斯万家那边》，描写山楂花用到了 1000 多字。（"你可真是喜欢山楂。"叙述者说到一半的时候，一个角色这样表示。）人们常用"如梦似幻"来形容大卫·林奇（David Lynch）的艺术片，因为就像梦境一样，他的影片往往缺乏因果关系这样的逻辑。

喜欢这类故事的，大多是资深读者，他们足够幸运，生来就有好用的头脑，然后又在充满学习氛围的环境中长大，有能力捕捉这种故事讲述者留下的零星线索。我也认为，这种人往往在"经验开放性"[①]这一人格特质上高于平均水平，拥有这种特质的人，大概率对于诗歌和艺术有浓厚的兴趣，同时也更有可能患上精神疾病。资深读者明白，他们在艺术电影、文学或实验小说中遇到的变化模式是费解而微妙的，其中的因果关系玄虚模糊，就像一道美妙的谜题，在阅读后几个月甚至几年时间里仍然萦绕脑际，最终成为思考和反复分析的内容，还成了与其他读者和观众辩论的主题，比如：人物为什么会有这样的行为？导演到底想要表达什么？

但无论目标受众是谁，所有的故事讲述者都应留心，不要写得过于详细。虽然让读者感到困惑或茫然很危险，但过度解释也同样欠妥。因果关系应该展示出来，而不要直接告诉；要暗示，而不要解释。读者应该能够自由地预测接下来会发生什么，并能对事情发生的原因以及情节的深意加入自己的感受和解读。解释中的这些留白，就是供读者将自身置于故事之

---

① 心理学概念，用来描述人格的五种特质之一，包括活跃的想象力、对内心感受的专注、对多样性的偏好以及对知识的好奇等。——译者注

中的地方：他们的先入之见、价值观、回忆、联想、情感，所有这些，使得他们主动融入故事。没有作家能把自己脑内的世界完美地移植到读者的头脑中。更准确地说，二者的头脑是啮合交织的。读者只有潜移默化地渗入作品，才能产生共鸣，而这种共鸣所带来的震撼力，唯有艺术才能达成。

## 只有变化，不足以成故事

由此，我们的谜团解开了。我们找到故事的开局方式：一个意想不到的变化，或是一个信息差，抑或两者兼而有之。发生在主角身上的事，就如发生在读者或观众身上一般。我们的注意力由此被激发起来。通常来说，从故事的开端开始，富有戏剧张力的变化遵循因果关系铺开，其中的逻辑并不清晰，使得我们保持好奇心和注意力，跟随着这些变化所带来的结果继续向前推进。从严格意义上来说，这种说法没有问题，但却只涉及了最浅显的层面。显然，讲故事并不仅仅是个机械的过程。

在赫尔曼·雅各布·曼凯维奇（Herman J. Mankiewicz）担任编剧的经典电影《公民凯恩》的开头，一位编剧也发表了类似的言论。影片以变化和信息差作为开场：报业大亨查尔斯·福斯特·凯恩在不久前离世，死前，他扔下一只内含一座被雪覆盖的小房子的水晶球，说了个神秘的词——"玫瑰花蕾"。接下来呈现在我们眼前的，是一部粗略记录他七十载人生的新闻短片：凯恩是一个富有争议的知名人物，他家财万贯，曾是《纽约每日问询报》的老板和主编。他的母亲经营着一家寄宿公寓，一位拖欠房租的房客给她留下了一座曾被认为一文不值的金矿，名叫科罗拉多矿脉，然而家族的财富却由此而来。凯恩结过两次婚，离过两次婚，失去了一个儿子，试图从政失败，最后孤独地死在那未曾完工、不断没落的巨大宫殿中，我们得知，那是"自金字塔以来，一个男人为自己建造过的最昂贵的纪念碑"。

新闻短片放映完毕，我们看到了短片的创作者，这是一群烟不离手的新闻记者，原来他们刚刚做完这部短片，正在播放给上司罗尔斯顿看，想让他给些点评。罗尔斯顿并不满意，他对他们说："只告诉我一个人做了什么是不够的。你们得告诉我，他是谁？他和福特有什么不同？和赫斯特[①]有什么不同？和路人甲有什么不同？"

这位新闻短片的编辑是正确的（编辑十有八九是正确的，真让人抓狂）。我们是一个高度社会化的物种，拥有经过驯化的专门用来掌控人类环境的大脑。我们的好奇心永无止境，而这种好奇心，起源于童年提出的成千上万关于因果关系的问题。作为一个被驯化的物种，我们最感兴趣的就是其他人身上的因果关系。我们对这些关系心怀无限的好奇。他们在想什么？在密谋什么？他们爱谁？又恨谁？他们有什么秘密？他们看重什么？为什么会看重这些？他们是敌是友？他们为什么会做出这种不合理性、不可预测、危险而不可思议的事情？是什么驱使他们在一座人造的私人山头建造世界上最大的游乐场，还在里面安置自诺亚方舟之后动物最多的动物园和大得无法编目的各种巨物？这个人到底是谁？又是如何变成现在这样的？

---

① 指威廉·伦道夫·赫斯特，美国饱受争议的报业大亨和企业家。——译者注

　　精彩的故事是对人的境况的探索，是深入陌生思想的惊心动魄的旅程。与其说这些故事讲述的是发生于戏剧表面的事件，不如说是必须与这些事件斗争的人物。当我们在书的第一页与这些人物见面时，他们绝不是完美的。引起我们对他们的好奇、使他们投身充满戏剧张力的斗争的原因，不是他们的功成名就或胜利的微笑，而是他们的缺陷。

# 02

## 好故事的
## 基石

—

## 不完美的自我

THE SCIENCE
OF
STORYTELLING

# 不完美的主人公　人对现实的
# 认知缺陷

关于 B 先生，有件事你应该知道：他正在被联邦调查局监视。他们总在暗中拍摄他，然后将片段剪辑在一起，在一档名叫《B 先生秀》的节目中向数百万人播放。这给 B 先生的生活造成了很多麻烦。他穿着泳裤洗澡，在被单底下穿衣服。他不喜欢跟别人说话，因为他认为这些人都是联邦调查局雇来制造戏剧冲突的演员。他怎么能相信他们呢？他谁也不能相信。不管多少人用尽多少办法跟他解释他想多了，他就是不这么认为。针对别人提出的每条理由，他都能找出反驳的方法。他认为这是真的。他感觉这是真的。在他的眼里，证据比比皆是。

关于 B 先生，还有一件你应该知道的事。他其实是一位精神病患者。

神经学家迈克尔·加扎尼加（Michael Gazzaniga）[①] 教授写道，他大脑中的健康部分"正在试图理解大脑不正常部分产生的异常反应"。大脑失常的部分产生了"一种与现实情况截然不同的意识体验，但是这些内容却构成了B先生看到的现实，从而提供了他必须调动认知能力加以理解的经历"。

大脑某一部分生病了，发出了错误信号，使得B先生讲述的关于这个世界以及自己在其中位置的故事被扭曲，与现实严重不符。这故事错误百出，让他无法恰当把控自己的周边环境，所以精神病院的医生和护理人员不得不帮他认清环境。

虽然B先生的精神有问题，但实际上，我们每个人都跟他有共通之处。头骨中那阒寂的穹窿体验到的所谓现实，其实是被错误信息所扭曲的可控幻觉（controlled hallucination）[②]。但由于这个扭曲的现实是我们唯一感知到的现实，因此我们会不明白是哪里出了错。当人们苦口婆心地指出我们的错误、无情，或是感情用事，我们就非要驳斥对方提出的每一个论点。我们认为自己是对的。我们觉得自己是对的。在我们的眼里，证据比比皆是。

这些认知上的扭曲让我们成了一种有缺点的生物。每个人都拥有属于

---

[①] 迈克尔·加扎尼加，当代伟大的思想家、认知神经科学之父。他的《意识本能》《人类的本质》《双脑记》《谁说了算？》已由湛庐引进，分别由浙江教育出版社、北京联合出版社、浙江人民出版社出版。——编者注

[②] 一些学者认为，大脑总在通过构建世界模型以解释和预测输入的信息，当预测和我们从感官输入获得的经验出现分歧时，大脑便会为解释和预测输入信息而更新模型。——译者注

自己的有趣而独特的缺陷。一方面，我们的缺陷造就了我们，帮助我们塑造了自己的性格。但是另一方面，这些缺陷也削弱了我们把控世界的能力，对我们造成了伤害。

在故事的开头，我们通常会遇到一个拥有某种非常具体缺陷的主人公。他们对世界的错误认知，使得我们与之产生共鸣。我们会渐渐喜欢上他们的弱点，对他们所做出的挣扎感同身受。在故事的戏剧性事件诱使他们做出改变时，我们给他们加油鼓劲。

问题在于，无论是在小说还是在现实中，改变自己都是非常困难的事。神经科学和心理学已经开始向我们揭示为什么这件事如此困难。我们犯下的错误，特别是我们对人类世界以及过上成功人生的方法的错误认知，并不只牵扯到我们对形形色色事物的看法，这些浅显的看法真伪易辨，也可以轻松抛开。我所说的这些缺点根植在我们的幻觉模型之中，构成了我们对现实的认知和体验的一部分，使得我们几乎感受不到其存在。

要想弥补我们的缺点，首先要做的是看到它们的存在。在受到质疑时，我们通常会断然否认缺点的存在。人们会指责我们拒绝承认自己的错误。当然是这样，因为我们压根看不到错误。当我们看到自己的缺点时，会因为它们实在太常出现以至于我们压根不觉得这是缺点，反而将其看作美德。神话作家约瑟夫·坎贝尔就发现了故事情节中一个常见桥段，那就是主人公"拒绝接受召唤"的时刻。背后的原因，往往就在于此。

要想认识并承认自身的缺点，然后改变自己，我们就要先将构成我们现实的体系打破，然后将其重建成一种全新且更好的形式。这并不是一件容易的事，不仅痛苦，还会造成巨大的压力。对于这种深层次的剧变，我们常会竭尽所能地加以抗拒。这就是为什么我们将那些成功做到的人称为"英雄"。

因为各种原因，故事中的人物和自我拥有了独一无二的性格和缺点，如果能对这些原因有基本的了解，故事讲述者将会受益匪浅。有一条主要的了解途径涉及发生改变的时刻。通过观察数以百万计的因果关系实例，大脑会对世界搭建出幻觉模型，然后再针对一件事如何导致另一件事架构出自己的理论和假设。这些针对因果关系的微观叙事通常被称为"理念"，它成了我们构建精神领域的基石。由此搭建的精神领域帮助我们拼凑出周边的世界以及理解自己的身份，从而让我们产生一种熟悉亲切的感觉。我们之所以对这些理念感到熟悉，是因为这些理念就是我们自己。

然而，这些理念中有很多都是错误的。诚然，我们身处的可控幻觉并不像 B 先生的幻觉那样扭曲，然而，没有人能做到事事正确。尽管如此，讲故事的大脑仍然试图让我们相信我们总是正确的。想想你最亲近的那些人，他们中的每个人，你都曾不同意他们的观点。你心知肚明，这个人对这件事的认识有些偏差，那个人在那一点上存在误解，可千万别让他在某件事上打开话匣子。越是深入了解那些你欣赏的人，你就越发能看清他们的错误，最后你得出唯一的结论，即整个人类群体都是愚蠢、邪恶或疯狂的，唯独你是个例外，你是在世者中唯一一个事事正确的人，你是宇宙中心的神圣之光，是光明、理智和智慧的化身。

　　等等，这怎么可能呢？再怎么说，你也总有犯错的时候吧。因此你好好想了一遍，将自己最看重的理念——列出，也就是那些对你有真正意义的信念。这一条没有错，那一条没有错，至于其他条更是对得无懈可击。你的偏见、错误和歧视之所以不明显就是因为，在你的眼中你所相信的那些东西就是真实的，就好像 B 先生的错觉在他眼中也是真实的一样。似乎每个人都是不客观的，只有你是理性客观的那个。心理学家将这种心理称为"朴素实在论"①。在你看来，现实是清晰明了、不证自明的，因此，那些与你看法相左的人不是白痴、骗子，就是道德败坏。与大多数人一样，我们在故事开头遇到的人物也是这样生活的，他们处于一种极其天真的状态，浑然不知自己幻想中的现实有多么片面和扭曲。他们是错误的，但却意识不到自己的错误。然而，他们马上就会发现……

　　如果说我们都有点儿 B 先生的影子，那么 B 先生就像是编剧安德鲁·尼科尔（Andrew Niccol）所写的电影《楚门的世界》中的主角。这部影片讲述了三十岁的楚门·伯班克渐渐意识到自己的生活有剧本并被有意控制这样一个故事。但与 B 先生不同的是，楚门的判断是正确的。《楚门的世界》这部真人秀不仅真实存在，而且还一天二十四小时面向数百万观众播出。一次，有人问这部真人秀的制片人，为什么楚门这么久才开始怀疑他所在世界的本质。制片人回答说："因为我们会接受这个世界呈现出来的现实。就是这么简单。"

---

① 社会心理学术语，指人们认为自己能够客观地看待周围的世界，认为与自我持不同意见的人一定是无知、非理性、有偏见的。——译者注

　　的确如此。我们很少会质疑大脑为我们构建出来的现实，我们犯的就是这种错误。毕竟，这是我们所看到的"现实"。好在，幻觉也是有用的。构成我们神经模型的每一个微小信念都是一份小指南，告知我们的大脑外部世界的运作方式：你该这样打开卡住的果酱罐头盖子；你该这样对警察撒谎；如果想让老板相信你是个有用、理智又诚实的员工，那就该这么做。这些指南使得周遭环境变得可预测，从而可控。总体来说，各种信念构成的错综复杂的网络可以视为大脑的"控制理论"[①]。许多故事在开篇所挑战的，就是这种理论。

　　在著作《长日将尽》中，石黑一雄带领读者了解了以自身职业为傲的管家史蒂文斯的想法。史蒂文斯的想法有些偏执。史蒂文斯的世界观和方法论的核心理念，来自他的父亲老史蒂文斯，他父亲也是一位才华横溢的管家。史蒂文斯从小就立志成为一名"伟大的管家"，热衷思考父亲这样伟大的管家身上有什么特质。他认为，这个特质就是"伟大"，而伟大的关键，则是"情感的克制"。正如英国的风景之所以美丽，是因为这风景"欠缺那种明显的戏剧性或奇崛的壮观色彩"，一位伟大的管家"绝不会为外部事件所动摇，无论这些事件有多么出乎意料、令人惶恐或惹人烦恼"。

　　在史蒂文斯看来，情感的克制是英国人能够成为优秀管家的原因。"欧陆民族无法造就卓越管家，是因为他们从人种上说就不擅长控制情绪，极端的情绪自控只有英国人才做得到。"欧陆人和凯尔特人，"就像是一个受

---

[①] 社会学中的控制理论认为，内部控制和外部控制两大控制系统能够阻止我们偏离社会的倾向。不想上班的人迫于自我和社会压力去上班，就是控制理论的一个例子。——译者注

到一点最轻微的刺激就会把正装和衬衣一把扯下，失声喊叫四处乱跑的人"。情感的克制是史蒂文斯世界观的神经模型，它是围绕情绪自控这一核心思想建立起来的，也是他的方法论。如果加以坚持，他就能够掌控所处的环境，得到想要的东西，即伟大管家的声誉。正是这个错误的信念造就了他，或者说他本身就是这种人。史蒂文斯这样的人物如此自圆其说地建立起自己的一套错误理论，事实证明，这样的角色往往是最难忘、最直接也最引人深思的。

石黑一雄在这本著作中用温柔而又残忍的笔触，揭露了史蒂文斯因为这种现实的错误认知给他自己造成的伤害。整部作品中，最令人扼腕的一幕发生在一个晚上，当时，史蒂文斯正在忙着主人家里的一件大事。楼上，兢兢业业服务了一辈子最终倒下的年迈老父，刚刚从昏迷中苏醒。有人劝说忙得团团转的史蒂文斯去看看他。或许是意识到了自己的处境不容乐观，老史蒂文斯打破了自己定下的铁律，不再克制情感，询问自己是否算得上是个好父亲。他的儿子只能尴尬地笑着回应："真高兴您现在感觉好些了。"老史蒂文斯表示为儿子感到骄傲，然后继续往下追问："希望我对你来说是个好父亲。但我想我并不是。"

"我们现在真是忙得不可开交，"他的儿子回答，"不过我们可以明天早上找时间再聊。"

当晚晚些时候，老史蒂文斯中风，在死亡边缘挣扎。一名女仆费了好大一番功夫劝史蒂文斯再去看一下比较好，但他却再次坚持说要回到岗位上。在楼下，他的老板达灵顿勋爵看出他有些不对劲，便问道："你看起来好像哭了。"史蒂文斯迅速抹了抹眼角，笑着说："非常抱歉，先生。是劳累了一天，太紧张了。"没多久他父亲就去世了，而史蒂文斯又一次因为太忙无法亲自去看看。他对那位女仆说："我相信家父也会希望我现在履行好自己的职责。"语气斩钉截铁。

这段故事的精彩之处在于揭露了一种真实的心理：对于史蒂文斯来说，这并不是一段羞耻和遗憾的回忆，他每次想起来都有一种胜利感。事实上，这是他跻身全英最伟大、最高贵的管家之列的证言。他表示："那一晚诚然会有种种令人悲痛的联想，但每忆及此，我发现一种巨大的成就感油然而生。"史蒂文斯对现实的幻觉模型，建立在情绪自控的价值观上。这是他的大脑对一个人应如何把控世界的理论核心。在他看来，在这一点上，他做得无懈可击。

史蒂文斯的世界观是偏执扭曲的，然而，就像 B 先生一样，他在周围看到的所有证据都表明，他的世界观毫无问题。毕竟，他的这套世界观和方法论确实有用，不是吗？他对情绪自控这一神圣价值观的信仰，给予了他事业和地位，使他免受失去父亲的痛苦，不是吗？石黑一雄的这本小说探索了这个错误认知及其造成的后果，正如萨尔曼·鲁西迪（Salman Rushdie）所写的那样，"史蒂文斯被其视为生活基石的理念所毁"。

神话作家约瑟夫·坎贝尔曾经说过："想要真实描述一个人，唯一的方式就是描述此人的不完美之处。"我们在故事和生活中遇到的都是不完美的人，但与现实生活不同的是，故事能够让我们深入角色的内心并理解他们。对于人类这种社会性动物来说，没有什么能比其他人的行为逻辑，也就是人们行为背后的原因更吸引人了。但故事要告诉我们的不仅仅是这些，它被封闭在我们头骨的黑暗穹窿中，永远困于我们的幻觉编织的寂寥宇宙里，我们所看到的故事是一扇传送门，是幻觉之中的幻觉，永远是我们差一点儿就能逃离的地方。

## 角色的专属情节  不同的人格模型<br>形成迥异的情节

在设计人物时，通过控制理论看待人物本身的方法往往很有用。这个人物是如何学会把控世界的？意想不到的变化来袭时，他们会自然而然地采用什么策略应对混乱局面？又会默认采取怎样的错误回应方式？正如我们在上文中所见，答案源自角色对于现实的核心理念，即其拼命捍卫并以之为基础建立起自我意识的宝贵理念。

然而从一定程度上来说，充满偏见和怪癖的自我，也有基因的作用。当我们还在子宫里的时候，基因就开始指导大脑和激素系统的发展路径。我们进入世界的时候，已经有了一定的自我人格了。在此之后，人生初期遇到的事件和影响与基因共同作用，形成我们的核心人格。除非发生了什么对我们的心理造成毁灭性打击的可怕事件，这种人格很可能会保持相对稳定的状态，贯穿我们的一生，随着年龄的增长也只会产生微小的可预见的变化。

　　心理学家通过五大特质①来衡量性格，对于研究人物的作家来说，了解这种方法会很有用。外向性高的人自信，喜欢交际，寻求关注和感官刺激。高神经质的人焦虑，自我意识强，容易陷入抑郁、愤怒和低自尊。高开放性则是充满好奇的人格特质，这种人具有艺术天赋，情感丰富，乐于接受新鲜事物。具有高宜人性的人谦虚，有同情心，值得信任，而与他们截然相反之人，则具有要强好斗的倾向。具有严谨性的人喜欢秩序和纪律，重视努力工作、责任和等级制度。心理学家将这些特质理论应用在虚构人物身上。一篇学术论文列举了以下人物：

**神经质（高）：** 哈维沙姆小姐（《远大前程》，查尔斯·狄更斯）

**神经质（低）：** 詹姆斯·邦德（《皇家赌场》，伊恩·弗莱明）

**外向性（高）：** 巴斯太太（《坎特伯雷故事》，杰弗里·乔叟）

**外向性（低）：** 布·拉德利（《杀死一只知更鸟》，哈珀·李）

**开放性（高）：** 丽莎·辛普森（《辛普森一家》，马特·格勒宁）

**开放性（低）：** 汤姆·布坎南（《了不起的盖茨比》，弗朗西斯·斯科特·菲茨杰拉德）

**宜人性（高）：** 阿列克塞·卡拉马佐夫（《卡拉马佐夫兄弟》，费奥多尔·米哈伊洛维奇·陀思妥耶夫斯基）

**宜人性（低）：** 希斯克利夫（《呼啸山庄》，艾米莉·勃朗特）

**严谨性（高）：** 安提戈涅（《安提戈涅》，索福克勒斯②）

**严谨性（低）：** 伊格内修斯·J. 赖利（《笨蛋联盟》，约翰·肯尼迪·图尔）

---

① 指五大性格特质心理测试，也译作"五因素模型"或"大五人格模型"。——译者注

② 索福克勒斯（Sophocles），古希腊三大悲剧作家之一，代表作有《俄狄浦斯王》和《安提戈涅》等。——译者注

这"五大人格特质"不是像开关一样，我们并非"非此即彼"。相反，这些特质就像刻度盘，我们或多或少地拥有每种特质，不同强弱比例的特质结合起来，便组成了一个个独特的自我。性格对于我们的控制理论有着巨大的影响。不同性格的人为了掌控周围环境所采取的策略也有所不同。[①]当意料之外的事将要发生时，有些人更倾向于武断地进攻和诉诸暴力，有些人则会施展魅力，还有的人会靠调情挑逗，另一些人则会争论、退缩、耍小孩脾气，有的人会尝试通过谈判达成共识，而有的人则会不择手段、坑蒙拐骗，或是诉诸威胁、贿赂或诓骗等手段。

独特而有趣的虚构人物，就是这样衍生出独特而有趣的情节的。心理学家基思·奥特利（Keith Oatley）教授写道："目标、计划和行动是以性格为源头衍生出来的。"当我们以自己独有的方式与世界互动时，世界也会以同样的方式反馈给我们，让我们进入属于自己的独一无二的因果之旅，这就是专属于我们的故事。一个难以相处、神经兮兮的人向世界发出暴躁而焦虑的"因"，相应地，这个人就不得不面对世界回馈的负面的"果"。而这个人如果认为自己的行为合理恰当，则会再一次被抛入充满敌意和责备的牢笼，一个负面情绪的恶性循环就会这样出现。即使只是每周多爆发一次偏执或烦躁

---

① 兰迪·拉森（Randy Larsen）、大卫·巴斯（David Buss）和安德烈亚斯·威斯吉默（Andreas Wisjeimer）在《人格心理学》（*Personality Psychology*）中汇总了"11种操纵策略"：魅力（想要她做某件事的时候，我会努力表现出爱她的样子）、强迫（我会对他大喊大叫，直到他照做）、沉默（她不照做，我就不理她）、劝说（我会解释为什么我想让他这么做）、情感退行（我会一直抱怨，直到她照做）、自我贬低（我表现出顺从的样子，让他听我的话）、召唤责任感（我让她承诺这么做）、强硬手段（我打他，逼他这么做）、诱导快乐（我会让她看到，这么做有多有趣）、社会比较（我告诉他，人人都这么做）、金钱奖励（我给她钱，让她这么做）。

的情绪，也足以在他人身上引发足量的消极情绪，最终这些人的精神领域会
与大部分时候总是笑脸迎人的宜人性高的人有着天壤之别。正是通过这种方
式，大脑结构的微小差异累积形成了迥然不同的生活和故事。

　　人格特质也可以用来预测我们可能拥有的未来。通常来说，勤勤恳恳
的人工作会更为稳定，也会更容易对生活感到满足；外向的人出轨和发生
车祸的概率更高；宜人性低的人更善于在公司往上爬、获得高薪工作；开
放性高的人容易文身、生活不健康，给左翼政党投票的概率也更高；严谨
性低的人则更有可能最终身陷囹圄，据统计，他们的死亡风险要比其他性
格特质的人高出约 30%。虽然男性和女性之间的相似之处要远远超过其区
别，但性别差异是切实存在的。一篇可靠性高的学术论文发现，男性往往
没有女性那么好相处，在宜人性方面平均得分低于大约 60% 的女性，在一
些研究中，这一数字甚至达到了 70%。[1] 在神经质方面也发现了类似的人格
特质差异，男性的平均得分低于约 65% 的女性。

　　肯特郡乡村的深处，有一条残破不堪的小路，在这条小路尽头的一间
农舍里，有一个黑暗的房间，在房间角落里，低外向性、高神经质的我正
在为大家写书，关于性格能在多大程度上影响命运，我自己就是一个很好
的证明。管家史蒂文斯之所以能一生投身于他的职业，部分原因在于他的
性格，他的严谨性非常高，但开放性和外向性却很低。这是他从自己十分
崇拜的父亲那里继承的，因为毋庸赘言，性格在很大程度上是遗传的。而

---

[1] 奈特尔引用的数据为 70%，但我的一位校对人员斯图尔特·里奇（Stuart Ritchie）博士
提醒我，尽管奈特尔引用的研究很有说服力，但其他有力的研究发现，这个数字没有那
么显著。一般认为，60% 是一个较为合理的数字。

"公民"查尔斯·福斯特·凯恩，则是个低宜人性和神经质、高外向性的人：他野心勃勃到了不择手段的地步，从不自我怀疑，并且渴望得到他人的支持。正是这三种最为突出的特质，定义了他的性格，并支配了组成他人生故事情节的决策。

## 角色的生活环境　我们习惯在环境中寻找线索

故事讲述者几乎可以通过角色所做的每一件事来彰显其个性，他们的个性表现在思想、对话、社会行为、回忆、欲望和悲伤之中。个性决定了他们在遇到交通堵塞时的表现，对圣诞节的看法，以及对蜜蜂的反应。心理学家丹尼尔·内特尔（Daniel Nettle）教授写道："人类的个性很像分形①。这是因为，随着我们获得相同的成就，或犯下相同的错误，我们在人生那些宏大的问题方面所采取的行动会逐渐趋于一致。不仅如此，在那些细节方面，比如购物、穿衣、在火车上与陌生人交谈的方式或者装饰房子的风格，也显示了相同的行为模式，这种行为模式同样反映在人生大事上。"

人类环境中充斥着种种线索，来表明这些环境的主人是谁。人们会通过"身份声明"来表明自己的身份，通过展示证书、书籍、文身或富有意

---

① 分形是一种永无止境的几何图形，在不同尺度上拥有自相似性，可分成数个部分，且每一部分都等同于（至少近似于）整体缩小后的形状。——译者注

义的物品等，透露出这些人希望别人认为他们是怎样的人。人们还会用到"感觉调节器"，也就是励志海报、香味蜡烛等能够勾起怀旧、兴奋或被爱的感觉的物品。性格外向的人会因明亮的颜色而倍感精力充沛，在家装和服饰上也尽可能使用鲜亮的颜色，而性格内向的人则更喜欢沉静的柔和色调。心理学家把我们在不经意间留下的线索称为"行为痕迹"，比如藏起的酒瓶、撕碎的手稿和在墙上捶下的凹痕。心理学家萨姆·戈斯林（Sam Gosling）教授建议，好奇心强的人要"留意人们传递给自己和他人的信号中存在的矛盾之处"。人们会在独处时呈现一个自我，而在公共场合、家里以及职场中表现出不同的自我，这种不同之处，或许隐隐暗示一个人的不同方面。

在小说《丑闻笔记》中，卓依·海勒（Zoë Heller）巧妙地利用居家环境，让读者围绕两个中心人物建立起神经模型。当开放性和宜人性低、严谨性高的芭芭拉·科维特到与她人格特质相反的希芭·哈特家做客时，我们深深感受到了两人截然相反的性格。柯维特回忆说，偶尔有人到她的公寓来访时，她会一丝不苟地打扫好房间，甚至连猫的毛发也要梳理整齐。然而，她仍然能感觉"像裸露曝光一样非常惶恐……仿佛所展示的是我的脏衣服篮子，而不是整理得无可挑剔的客厅"。而希芭却完全不一样。走进希芭的客厅时，芭芭拉在里面看到了一种"属于资产阶级的绝对自信"和"我绝不能容忍的混乱无序"。那里有"巨大、破烂的家具""甩得四处都是的儿童内裤"，还有"一架朴拙的原木乐器，大概是非洲的，好像太靠近它会闻到难闻的气味"。壁炉架里堆满了"家里的零碎什物，比如一张孩子的画、一大块粉红色的玩具黏土、一本护照、一根老态龙钟的香蕉"。

看到这样的环境芭芭拉感受到了一种她自己都没想到的反应：这种杂乱，竟然让她感到嫉妒。而嫉妒心继而又引发了一个忧郁的念头，进一步反映了她的性格，她之所以感到忧郁，是因为她发现性格会不可避免地反映在居住的空间中：

> 人独居时，家中所有的摆设和用品，总是不断提醒你孤家寡人的凄凉。每一件动用过的东西，其出处和上回动用的时间，都令人痛苦地记得一清二楚。沙发椅上的五个小椅垫一次可以摆上数月，还能始终维持着饱满的状态与精神抖擞的角度，除非你刻意把它弄乱。盐罐子的盐日复一日，消耗的速度缓慢到让你疯狂。坐在希芭的屋子里——目睹房子里几位成员彼此互动——我可以了解，自己一个人乏善可陈的随身物品，若是能和别人的一起相濡以沫，是多么大的安慰。①

在这段逼真而动人的文字中，我们听到了孤独者在五个鼓囊囊的垫子和食盐之中所发出的嘶嚎。

记者们之所以更喜欢在采访对象家中进行采访，就是因为人们在环境中留下的线索能够透露很多信息。在与备受尊敬的建筑师扎哈·哈迪德（Zaha Hadid）会面前，英国记者林恩·巴伯（Lynn Barber）被一名公关人员领进了那"空无一物的白色顶层豪华公寓"，等待哈迪德的到来。巴伯写道，这套哈迪德居住了两年半的公寓，"给人的亲切感与汽车展厅不相上下"：

---

① 中译本选用卓伊·海勒:《丑闻笔记》，丘淑芳译，译林出版社，2003。

整个房间风格极其冷淡，简直让人望而却步，没有窗帘、地毯、坐垫或任何装饰。勉强可以算作家具的东西表面光滑，呈不固定形状，材质是增韧玻璃钢，涂着汽车漆……相比之下，她的卧室让人稍微舒服一些，里面至少有一张能认出来的床，一块小小的东洋风格地毯，还有一张桌子，上面摆放着她所有的珠宝和香水瓶，但除此之外，别无他物。

她写道，房间"本该让人对住在里面的人的性格有所了解，但这里传递出来的似乎与她的性格无关"。巴伯生动鲜活的描述加强了我们对于哈迪德思维模式的理解。在她走进房间之前，我们就已经对她有所了解了。

## 角色的内心视角　　对内心神经领域的真切感知

性格的力量非常强大，但是，我们不能只用内向型、外向型等类型来划分。我们的特质与所处的文化、社会、经济环境以及过往经历共同作用，为我们构建起一个独一无二的精神世界。

在故事中遇到一种与我们截然不同的思维方式，而这种思维方式还为我们揭示了接下来会遇到的人物和发生的故事，几乎没有什么比这更令人激动的了。我们是从主角的视角来了解整个故事的。我们会获得多条线索，暗示我们主角的缺点和因为这些缺点而产生的情节。在我看来，这是小说写作中最被低估的品质。在许多书籍和电影中，开篇的角色似乎只是一个模糊的形象：完美无缺，无辜无害，或许拥有一两个怪癖，等待着被情节事件赋予色彩。相比之下，在故事开篇我们就猛然惊醒，讶异而兴奋地发现自己看到的是虽有缺点但有吸引力且真实具体的的思想和生活，这样的设置要好得多。

在小说《邮差》的开头一段，查尔斯·布考斯基（Charles Bukowski）就将这一点精彩地呈现了出来：

> 这一切，都由一场错误开始。
>
> 时值圣诞季，我从山上的一个醉鬼那儿听说，在圣诞期间，他们几乎是个人就招，这个醉鬼每年圣诞就是这么钻空子的。因此，我便去毛遂自荐，就这样，我背上一只黑皮包，优哉游哉地四处闲逛起来。我心里嘀咕，这真是一份美差。简直是小菜一碟！他们只会给你一两捆圣诞贺卡，如果你把这些送完，一般的货运公司会再拿给你一两捆贺卡，等你再回去，负责人会再给你一捆，但是说到底，你只用悠哉游哉地把那些圣诞贺卡塞进投信口里就行了。

与《邮差》这个洛杉矶蓝领工人的世界不同的是，扎迪·史密斯（Zadie Smith）的小说《白牙》的开篇发生在克利克伍德大街，47岁的阿吉·琼斯自杀未遂的现场：

> 他身穿灯芯绒衣裤，坐在充满浓烟的骑士火枪手牌旅行车里……兵役奖章（左手）和结婚证（右手）被揉成一团握在手心，他打定主意，要把错误随身带进坟墓。……他不是那种擅长周密安排的人——写遗书、作葬礼安排——他不是那种喜欢异想天开

的人。他要的只是一点点安静、一点点唏嘘，只要能全神贯注就行。……他要在商店开门前做好这件事。①

在绝大多数当代优秀小说中，物体和事件通常并不通过上帝视角描述，而是从人物的独特角度来刻画的。在生活中，我们遇到的万事万物反映的不是客观外部现实，而是我们的内心世界。这些都属于可控幻觉，无论显得多么真实，都只存在于人物的大脑中，且烙印着属于每个人独一无二的错觉。在小说中，如果要说所有的描述都是为角色服务的，可能并不过分。

詹姆斯·鲍德温（James Baldwin）的小说《另一个国家》中有一段感染力十足的文字，描述了试图在20世纪50年代的美国生存下去却注定失败的非裔美国人鲁弗斯·斯科特走进哈林区一家爵士俱乐部的情景。鲍德温这段关于舞台上吹奏萨克斯的乐手的文字，在描写斯科特眼中的音乐家的同时，也同样讲述了斯科特本人、他所在的世界以及他试图掌控这个世界而不得的无奈：

> 他站在那儿，叉开双腿，深吸一口气，填满圆桶般的胸腔，身体在穿了二十多年的破衣中抖动着，然后那铜管乐器奏出了尖厉的声音：你爱不爱我？你爱不爱我？你爱不爱我？然后又是：你爱不爱我？你爱不爱我？你爱不爱我？不管怎么说，这是鲁弗斯自己听出来的问题。这同一句话，难以忍受地、没完没了地、变着花样地重复着……那小伙子全身心地吹出了自己短暂的过去；

---

① 中译本选用扎迪·史密斯：《白牙》，周丹译，上海译文出版社，2022。——译者注

在过去的某个地方，或身处贫民窟或聚众斗殴……他曾经遭受过不可挽回的打击，让人无法相信的打击。你爱不爱我？你爱不爱我？你爱不爱我？[①]

# 角色的文化传统　东西方价值观 衍生不同的故事样态

　　生活和小说中的人物之所以是有缺点、独一无二的，另一个原因就在于文化。我们眼中的"文化"往往是表面现象，如歌剧、文学和服饰样式，而实际上，文化深刻而直接地扎根于我们对世界建立的模型中，帮助我们构建自身现实的幻觉模型。文化扭曲和缩小了我们体验生活的镜头，对我们产生了深远的影响，这种影响不仅表现在树立了我们为之奋斗和誓死捍卫的道德规范，还表现在定义了什么样的食物在我们看来是美味的。

　　这些文化规范在童年时期就被吸收到我们对世界建立的模型之中，在这个时期，大脑会迅速琢磨出自己需要发展的方面，以便最好地把控所在的环境。在零岁到两岁之间，大脑每秒会产生大约180万个神经连接。直到青春期快结束或刚刚成人不久，大脑都会持续处于这种不断演进的延展或"可塑"状态。从某种程度上来说，大脑是通过玩耍进行学习的。包括海豚、袋鼠和老鼠在内的许多动物，都很享受这种基于规则、具有探索性

---

① 中译本选用詹姆斯·鲍德温：《另一个国家》，张和龙译，译林出版社，2002。——译者注

的和世界产生交集的方式，这让它们感到很快乐。我们经历的社会化以及不得不学会把控的高度复杂的社会生活，使得玩耍对于人类越发重要。我们的童年之所以被拉长了这么多，主要原因就在于此。

　　从游戏到教育再到讲故事，我们演化出了多种多样的玩耍形式。包括讲故事在内的玩耍，通常是在成年人的监督下进行的，他们会告诉孩子什么叫公平、什么叫不公平、什么东西有价值、什么没有价值以及我们应该如何应对，并在行为符合或有悖自己的文化模式时予以奖励或惩罚。看护人并不一味地给自己的孩子讲充满道德色彩的故事，而是会经常加入自己的叙述，来凸显故事要传达的信息。玩耍对于社交思维的形成至关重要。一项针对反社会杀人犯背景信息的研究发现，这些人之间唯一的共同点，就是他们当中90%的人在童年时期都极度缺少玩耍活动，或是经历过虐待和欺凌等非正常的玩耍形式。

　　文化被植入我们对世界建立的模型之中，对我们的精神世界进行打磨，从而使之具有个人色彩，这个过程主要发生在我们人生的前七年中。西方的孩子大都在个人主义文化中长大。个人主义者倾向于崇拜个人自由，认为世界是由个体部分组成的。这种价值观也对他们的故事产生了很大的影响。根据一些心理学家的理论，这种思维模式起源于古希腊的地理环境。古希腊是一个岩石嶙峋、多山且沿海的地方，因此不适于农业生产等大型集体活动。为了生存，人们常常做些鞣制皮革之类的小生意，抑或是搜寻食物、制造橄榄油或捕鱼。因此，在古希腊，把控世界的最佳方式就是自力更生。

因为个人能够自力更生是成功的关键，那些强壮的个体便成了文化中的理想形象。[①] 希腊人追求个人的荣耀、提升和名声。他们创造了奥林匹克这场与自己较量的传奇比赛，还因过于沉浸自我而不得不通过纳西索斯的故事警示过于自恋的危险。[②] 这种观念具有革命性，认为个人是自身权力的中心，可以自由选择自己想要的生活，而不是听命于暴君、命运和神灵。心理学家维克托·斯特莱彻（Victor Stretcher）教授认为，这种理念"改变了人们对西方文明中宣扬的因果关系的看法"。

我们可以把这种野心勃勃、热爱自由的自我与源自东方的自我做下比较。中国的地理环境，非常适合大规模的集体劳动。要想维持生计，人们

---

[①] 这些差异在今天仍然普遍存在。给一名亚洲学生看一幅鱼缸的漫画，并以毫秒的速度追踪他们的眼跳，可以发现，他们会下意识地扫视整个场景；而西方学生则会更多地关注画面前那只占主导地位、颜色鲜艳的鱼。被问及看到了什么的时候，亚洲学生的描述大多从背景开始："我看到了一个水箱。"而西方学生的描述往往是："我看到了一条鱼"。如果问他们对这条鱼有什么看法，西方学生可能会说"这条鱼是首领"，而亚洲学生则认为这条鱼做错了什么事，因为它被排除在群体之外。这种文化差异造就了截然不同的生活、自我和故事体验。研究人员要求学生画一张"人际关系图"，表现自己与认识的所有人的对比，西方学生倾向于把自己画成中间的一个大圆圈，而亚洲学生倾向于把自己画得小一点且靠近边缘。与西方不同，在亚洲，谦逊刻苦的学生很受欢迎，而腼腆则被视为一种领导品质。这种差异始于神经模型，因此控制了我们对现实的感知。心理学家理查德·尼斯比特（Richard Nisbett）教授表示："亚洲人和西方人对世界的看法不只是不同而已，他们看到的是截然不同的两个世界。"这就可能会引发严重的冲突，其中的一方根本没有意识到对另一方来说显而易见的道德现实。"如果能让整个群体受益，亚洲人可以接受对某个人施以不公正的惩罚，"尼斯贝特表示，"而这对崇尚个人权利的西方人来说则是一种侮辱。但对亚洲人来说，集体就是一切。"

[②] 纳西索斯是希腊神话中的美男子，他拒绝所有的求爱者，最终爱上了自己在水中的倒影，终日目不转睛地自我欣赏，直到饥饿而死。——译者注

大概率就要成为种植小麦或大米的大型集体中的一员，或是在某个大型灌溉工程中出一份力。在古代中国，把控世界的最好方法就是确保集体利益大于个人利益，而非相反。这意味着要低调行事，成为团队的一员。这种集体控制理论衍生出了一种集体型的"理想自我"。根据《论语》中的记录，君子"矜而不争"，更喜欢隐藏美好的品德。君子"和而不同"，追求平衡与和谐的完美状态。君子的形象与相隔七千公里的那个咄咄逼人的"西方自我"，简直有着天渊之别。

对古希腊人来说，把控世界的主体是个人。对古代中国人来说，则是集体。对古希腊人来说，现实是由独立的碎片和部分组成的。对古代中国人来说，现实却是一种由相互关联的力量构成的领域。对现实的不同体验，产生出了不同的故事形态。希腊神话通常由三幕构成，即亚里士多德的"头、中、尾"，也许说成危机、挣扎和解决方法更易理解。这三幕通常由超级英雄担任主角，他们与可怕的怪物作战，最终带着宝藏荣归故里。

这是对个人主义的宣扬，传递了一位勇者真的可以改变一切的观念。在西方，这些故事模型在孩子幼小的时候便开始影响其刚刚萌芽的自我意识。有一项研究曾记载，一个三岁的美国小女孩被要求即兴讲一个故事，而她讲述的故事，完美地呈现出了危机—挣扎—解决问题的序列[1]："蝙蝠侠离开了他的妈妈。妈妈说：'快回来，快回来。'他迷了路，妈妈找不到他。他像这样跑回家。他吃着松饼，坐在妈妈的腿上。然后他就睡着了。"

---

[1] 序列是一系列场景组成的电影中的一个段落。其中的关系是，一系列镜头组成一个场景，一系列场景组成一个序列。——译者注

　　而中国古代的故事却呈现出另一种形式。中国人常将关注点放在自我与他人的关系中，所以两千年来几乎没有出现过西方意义上的自传，故事的主人公并未将自身置于个人生活的中心，而是作为一个向内窥视的旁观者。东方小说往往并不遵循简单的因果模式，而是常以芥川龙之介的《竹林中》的形式展开。《竹林中》通过几位目击者的视角，重现了一场谋杀的场景，这几位目击者分别是樵夫、行脚僧、捕快、老妪、被指控的杀人者、受害者的妻子，还有作为被害人通灵媒介的女巫。所有这些叙述在某种程度上相互矛盾，让读者自己去揣度其中的含义。

　　心理学家金义哲（Uichol Kim）教授认为，在类似《竹林中》这样的故事中，"你永远不会得到答案。不存在所谓的结局，也没有永远的幸福。给读者留下的是一个问题，需要读者自己决定问题的答案。这就是故事的乐趣所在"。在那些关注个人的东方故事中，英雄的地位往往是通过保障集体利益这种得体的方式获得的。金教授表示："在西方，英雄会与邪恶作斗争，真理胜出，爱战胜一切。在亚洲，只有做出牺牲、照顾家庭、关注集体和国家利益的人才会成为英雄。"

　　"起承转结"这种日式结构由四个部分构成：第一部分"起"为我们介绍人物，第二部分"承"进一步推进情节，第三部分"转"会出现一个出乎意料甚至看起来毫无关联的事件，最后一部分"结"则以开放式的结局鼓励受众在整个故事中寻找平衡。金教授表示："在东方的故事中，令人困惑的地方就是常常没有结局。生活中不存在简单明确的答案。这些答案，得要你自己去摸索。"

西方人喜欢把个人斗争和胜利的故事投射在精神世界之中，而东方人则会通过寻求故事中的和谐获得乐趣。

这些形式反映出了不同文化对于变化的不同应对。对于西方人来说，现实是由独立的碎片和部分构成的。当意想不到的危机发生时，西方人习惯通过与这些碎片和部分进行斗争，并试图加以驯服，从而重新控制它们。而对东方人来说，现实是一个由彼此关联的力量形成的领域。当意想不到的危机发生时，东方人更倾向于想办法让这些动乱的力量恢复和谐，从而重新施加控制，最终实现共存。这两种应对方式的共同之处在于故事的深层动机，它们都旨在教会我们应该如何掌控世界。

## 角色命运的转折　受到威胁的
## 　　　　　　　　大脑启动捍卫模式

囿于自身缺点和个性，人们要想跳出自身视角去看待这个世界，需要花很长一段时间。第一步，就是辨识出镜中的自己。我们的看护人给我们讲过去和现在的故事，讲述周围发生的事情，告诉我们应该如何应对。我们开始在这些关于自己的小故事中添加内容。我们意识到，自己是目标导向的生物，也就是说我们想要一样东西，就会去努力争取。我们意识到，周围的人也是目标导向型的。我们把自己归为某个特定类别，比如女孩、男孩，或是工人阶级，而其他人对我们也有着一定的期望值。我们拥有一定的力量，也成就了一些事情。这些零碎的故事记忆开始慢慢地连接和贯穿起来，形成充斥着人物和主题的故事。心理学家丹·麦克亚当斯（Dan McAdams）教授认为，等到最终成长至青春期时，我们会试着将自己的生活理解为一段"宏大的故事，重建过去，想象未来，以便为故事提供某种类似使命、团结和意义的东西"。

经历了青春期构建故事的过程，大脑基本上已经明白了我们是谁、我们所看重的东西以及实现目标的方式。自出生以来，大脑一直处于高度可塑的状态，使之能够建立自己的模型。但青春期之后，大脑的可塑性会有所降低，改变也更加困难。造就我们的大多数特质和缺点已经融入了大脑的模型之中，我们的缺点和个性已经成了我们的一部分。也就是说，我们的思想已经基本定型。

如果对人类冲突和戏剧张力感兴趣，我们应该了解一下大脑在此之后进入的状态。此时，我们从模型的构建者变成了捍卫者。既然有缺点的自我及其有缺点的世界观已经被建立起来，那么大脑便开始对其施加保护。由于他人与我们感知世界的方式有所不同，遇到这种表明大脑可能出错的情况，我们会深感茫然不安。在这种情况下，我们的大脑并不会承认其他人的观点，改变自己的模式，反而会竭力否认别人的观点。

对于这种情况，神经生物学家布鲁斯·韦克斯勒（Bruce Wexler）教授是这样解释的："一旦大脑的内部结构建立起来，就会扭转内外部之间的关系。在面对环境的挑战时，我们会认为改变大脑结构非常困难而痛苦，因此我们会采取行动捍卫已经建立的结构，而不是通过外部环境来改变内部结构。"面对这些挑战，我们会用扭曲的思维、争论和攻击加以应对。韦克斯勒教授认为："我们会忽略、刻意忘记或激进地攻击这些与我们内部结构不一致的信息。"

大脑会费尽心思想出各种歪理来捍卫我们错误的世界模型。遇到任何新的事实或观点时，我们都会立即做出判断。如果与我们对于现实架设的模型一致，大脑的潜意识便会产生"正确"的感觉，否则，就会潜意识地说"不"。这些情绪反应的出现先于大脑的理性思考，能对我们产生巨大的影响。在决定是否该相信某件事的时候，我们往往不会不偏不倚地寻找证据。相反，我们会寻找一切理由，证明我们建立的模型是正确的。一旦找到任何支撑我们"直觉"的差强人意的论据，我们就会想："没错，挺合理。"然后，我们就会停止思考。这种现象，被称为"合理化停止思考法则"。

当我们像这样欺骗自己时，我们的神经奖励系统便会兴奋起来，而我们还会欺骗自己，这种寻找片面的我们所认同的信息的做法不但高尚，而且妥帖。这个过程非常狡猾。我们所做的，不仅仅是对与大脑模型相反的证据视而不见或抛之脑后（我们也确实会这样做），还会寻找问题百出的方法来拒绝承认权威专家给出的相反观点，随心所欲地重视他们的一部分观点，而对其他部分视而不见，紧紧抓住他们论点中最微不足道的过错不放，利用这些过错全盘否定对方。单靠智商，不足以消弭这些自以为正确的认知幻象。相比于发现自己的错误，聪明人往往更善于找方法来"证明"自己的正确。

人类竟会进化出如此不理性的机制，似乎让人感到匪夷所思。一种令人信服的理论认为，人类是在群体中进化的，因此我们天生就喜欢用律师的风格进行辩论，直到出现最佳的解决方案。这么说来，真理是一种集体活动，而言论自由则是这种集体活动的一个重要组成部分。编剧拉塞尔·T. 戴维斯（Russell T. Davies）抱着同样的观点，他认为精彩的对话是"两段个人独白的相互冲撞。在生活中如此，戏剧中就更不用说了。每个人每分每秒考虑的都是自己。"

大脑模型包含着我们对现实的实际体验，所以，验证模型错误的证据会令人深感不安，也就没有什么奇怪的了。韦克斯勒写道："熟悉的事物会给人带来良好的感受，而熟悉感的丧失则会造成压力、不快和功能失衡。"我们已经习惯了在捍卫大脑模型时表现出攻击性的态度，这种态度在生活中如此普遍，让我们对其中的不合理性已见怪不怪。但是，我们为什么会讨厌与我们观点不符的人？又为什么会在感情上对他们产生排斥？

遇到持有不同观点的人时，理性的反应是要么试图理解，要么干脆无视。然而，我们却常常会因此心烦意乱。大脑模型在感受到威胁时会出现情绪波动，甚至产生压倒性的负面情绪。神奇的是，面对神经模型遭受的威胁，大脑的反应与其保护身体免受物理攻击的方式非常相似，都是让我们进入一种对抗的神经紧绷、备受压力的状态。一个持不同观点的人完全可以视为一个危险的对手，一股想要主动伤害我们的力量。借助大脑扫描仪，神经学家萨拉·金贝尔（Sarah Gimbel）教授观察了人们在看到证明自己坚守的政治理念错误时的反应。她表示："我们看到的大脑反应，与人们在森林里走路时突然遇到熊的反应非常相似。"

因此，我们奋起反击。我们或许会试图说服对方他们是错的，而我们才是正确的，但结果通常以徒劳无功收场。这时，我们通常会陷入痛苦的漩涡。我们反复咀嚼着这场冲突，而恐慌的大脑则会列举出越来越多的理由，说明对方如何愚蠢、狡猾或道德败坏。的确，语言提供了五花八门、不堪入耳的词汇，来形容那些与我们思维模式冲突的人，比如白痴、笨蛋、蠢货、讨厌鬼、小丑、呆子、糊涂蛋、废物、鼠辈、禽兽、烂人、无赖、低能、泼皮，等等。在遇到这样的人之后，我们通常会寻求好友的语言慰藉帮我们摆脱烦忧。我们可以花几个小时讨论我们大脑的假想敌，列举他们令人发指的方方面面，这是一种伴随着罪恶感的快感，让人备感宽慰。

我们往往说服自己相信大脑中幻想出来的世界模型的准确性，并以此为基础组织自己的生活。我们欣赏那些与我们的大脑模型想法一致的艺术、媒体信息和故事，而不一致的内容则会让我们产生恼怒和陌生感。我们称颂那些为我们的正确性辩护的文化领袖，在遇到他们的反对者时则会感到受辱、不安、愤怒和恼恨，甚至希望对方遭遇失败和耻辱。我们的周围都是些所谓志同道合的人。我们大部分最快乐的社交时间，都花在认同自己正确性的社交关系上，尤其在面对存在争议的问题时。遇到思维模式与我们惊人相似的人时，我们可以与对方滔滔不绝地交谈。这种让自己安心的方式是如此愉悦，以至于时间仿佛已经不复存在。我们渴望对方的陪伴，把与对方揽肩微笑的照片贴在冰箱上或发在社交媒体上，他们成了我们的终身挚友。如果时机正确，我们便会和他们坠入爱河。

当然，需要注意的是，我们并不会像这样捍卫所有的信念。如果有人跟我争辩说，他们可以证明每个顶点有三边的二部多面体图都可以画出一个哈密顿回路，或者超能战士能够打败变形金刚，这些对我们几乎毫无影响。我们会奋起捍卫的那些信念，它们是构成我们身份、价值观和控制理论形成的根基。攻击这些信念，就是在攻击我们所体验到的现实。而推动人类最伟大的故事的情节发展的，也正是诸如此类的信念和攻击信念的方式。

我们在生活和故事中看到的很多冲突，都与这种捍卫自己脑部神经模型的行为相关。当一个人对世界的认知与其他人存在冲突，会努力说服对方相信自己是正确的，希望对方对世界建立的神经模型与自己的相一致。这些冲突如果激化，我们会感到痛苦，这一定程度上是因为朴素实在论的巨大影响。由于我们对现实的幻觉看似不证自明，因此，我们能得出的唯一结论就是，那些声称看到了不同现实而反对我们的人不是疯子、骗子，就是恶人。而我们的反对者，恰恰也是这样看待我们的。

然而，故事的主人公也正是通过这些冲突进行学习和实现改变的。身处故事的那些事件中时，他们也备感煎熬，通常会经历一系列障碍和突破。这些障碍和突破通常以配角的形式出现，每个配角都以不同于主角的方式体验着这个世界，而这些方式对于故事而言有着具体而必要的作用。他们会强迫主角以他们的方式看待这个世界。通过与这些角色的斗争，主角的大脑模型会发生或大或小的变化。对手或许会将主角的错误以更黑暗而极端的方式体现出来，并将其引入歧途。同样地，主角也会从盟友身上学到宝贵的经验，而这些盟友展现的，往往是主角必须采取的新的生活方式。

然而，在这戏剧性的变革之旅开启之前，主人公的大脑模型仍然试图说服主人公相信自己是正确的，即便这模型已经快支撑不住了。这一点体现在：已有迹象表明主人公把控世界的能力正在下降，但他们却执迷不悟，选择视而不见；又或是预示着厄运的问题和冲突已经浮现出来，在身边若隐若现。突然之间，事情终于发生了……

　　精彩的故事都有爆点。在遇到这种精彩的时刻，沉浸在故事中的我们会突然打起精神，专注起来，我们的情绪被调动起来，好奇心和紧张感也被激发。当情节中出现了意想不到的变化，撼动了主人公存在缺陷的控制理论的核心时，这种情况往往就会发生。由于触及主人公特有缺陷的核心，这种事件会促使主人公以一种意想不到的方式行事。他们可能会反应过激，又或者做出一些让人匪夷所思的事情，向我们的潜意识暗示角色和事件之间的奇妙火花已经点燃，故事由此拉开帷幕。

　　通常来说，随着角色的控制理论受到越来越多的考验，其中的缺陷逐渐暴露，角色便会失去对情节事件的把控。在那种典型故事中，主角越是努力试图重新获得控制权，越会引起更多的麻烦和混乱。由此引发的戏剧性冲突迫使主角做出决定：是否要纠正自己的缺点？要成为什么样的人？

　　在《长日将尽》中，管家史蒂文斯秉承的是 19 世纪英国式的文化模式，其核心理念便是庄重自持和情绪克制的价值观。他的神经模型告诉他，这些特质是用来把控环境的最佳方法，只要表现得庄重而克制，就会平安无事，最终会得到回报。这种控制理论决定了他是什么样的人。

　　在某个特定的时间或地点，这种想法的确是正确的。但是，当我们看到史蒂文斯的时候，一切都已时过境迁。他和他的父亲所服务的英国贵族，也就是他这些价值观的来源已然式微，而英国本身的权力也在没落之中。对史蒂文斯来说，这些时代剧变所带来的实际后果是他在达灵顿府的新雇主法拉戴先生不再是一位英格兰勋爵，而是一名美国商人。这个让他始料不及的变化，撼动了史蒂文斯身份的根基。而这，就是一个经典的爆点。

就这样，故事拉开了帷幕。在故事的开端，法拉戴先生无法继续雇用14名员工，这给史蒂文斯带来了一个难题。为了尽力用4个人维持整个府邸的运转，他在履行职务时犯下了一连串的小失误，这让他颇为烦恼。然而，新雇主的到来还给他带来了一个新的难题，这个问题要比前面的问题更让史蒂文斯烦恼：法拉戴不熟悉英格兰的社交规范。具体来说，他的雇主偏爱那种轻松愉快、诙谐幽默的闲谈，倾向于用一种揶揄谈笑的口吻跟他聊天。

这种打趣的方式让史蒂文斯深感不自在，因为他认为这是对他的身份、信念和控制理论的直接攻击。在他看来，受人尊敬的人是不会开玩笑的，这不是人们表达情谊的方式。这种做法没有庄重可言，带来的不是情绪克制，而是情感上的温暖，而混乱就隐藏其中。

一次，史蒂文斯想开个玩笑，但却搞得非常尴尬。事实证明，他并不愿意改变自己的核心理念，而他的大脑则像所有大脑一样，为他提供了不用改变自我的借口：

> 如此说来，我的雇主极有可能满心期望我也能以相仿的方式
> 回应他善意的揶揄打趣了，我如果不予以回应的话反而会被认为

是一种疏忽和失职了。这一点，如我之前所说，简直成了我的一块心病。但我又必须承认，这种揶揄打趣的事务并非我能以满腔的热情去履行的职责。在现如今这个瞬息万变的时代中，调整自己以适应那些传统上来说并非自己分内工作的职责，固然是非常好的；但是揶揄打趣就完全是另外一个范畴的事情了。别的且不说，首先第一点，你怎么能确定在某个特定的场合哪一种对于此类揶揄打趣的回应才是雇主所真正期待的呢？如果你贸然回出一句意在打趣的调侃，结果却发现完全驴唇不对马嘴，那种灾难性的后果简直想都不太敢想。[①]

# 英雄主义　每个人潜意识里的 道德优越感

其实我们都是虚构的人物，是自己头脑的不完整、存在偏见且固执己见的创造物。为了让我们确信自己对外部世界有所把控，大脑会引诱我们去相信不真实的事物，其中最为强大的，是那些用来提升我们道德优越感的信念。我们的大脑能够发出迷惑性的谎言来塑造英雄，希望我们将自己视为自身人生故事中刚毅而勇敢的主角。

为了让我们将自己看作主角，大脑巧妙地重写了我们的过去。我们"选择"记住的内容以及回忆的形式都被扭曲和改变，以适应大脑想要讲述的英雄故事。在一项实验中，当参与者以自认为不公平的方式与匿名者分钱

---

[①] 中译本选用石黑一雄：《长日将尽》，冯涛译，上海译文出版社，2018。——译者注

时，他们总会将自己的自私行为记错，即使研究人员用金钱激励他们记起实情时也仍然如此。研究人员总结道："当人们认为自己的行为自私时，他们会在记忆中将自己的行为修饰得更加公平，从而降低愧疚感，为的是维护自己的形象。"

我们对自己的认知，在很大程度上取决于我们的记忆。然而记忆却是信不过的。心理学家、神经科学家朱利亚娜·马佐尼（Giuliana Mazzoni）教授认为，"那些被筛选下来作为个人记忆的东西需要符合当前我们对自己的看法。"这不只是一个策略性遗忘的问题，甚至是对过去的改写乃至创造。马佐尼等人的研究表明，详细、生动且充满感情的记忆，也可能是完全虚构的。她表示："我们经常会虚构对于从未发生过的事情的回忆。我们实验室的许多研究都表明，记忆有强大的可塑性，很容易被扭曲和改变。"

在心理学家卡罗尔·塔夫里斯（Carol Tavris）和埃利奥特·阿伦森（Elliot Aronson）看来，那些迄今为止影响最为深远的扭曲记忆，旨在为我们的生活提供证明和解释。多年以来，我们不停地讲述我们的故事，将之塑造成一篇充满了英雄和恶棍的完整人生记述，讲述我们成为当下的自己所经历的过去。在这个过程中，记忆成了自圆其说的主要源头，以及故事讲述者为自己的错误和失败寻找理由的依据。

然而，为了将自己塑造为英雄，我们还不止在记忆上撒谎这么简单。心理学家尼古拉斯·埃普利曾向他的主修商科的学生提问，他们之所以想在商界展开职业生涯，动机是出于做有价值的事情以及获得成就感和学习乐趣这些带有英雄色彩的内在原因，还是出于薪金、安稳以及员工福利这些可能会被认为不够正面的外在原因。每一年，学生们的答案都大同小异。埃普利表示："学生们表现出了一种对其他同学微妙的去人性化。当然，我的学生认为所有这些动机都很重要，但却认为自己明显要比其他学生更看重内在动机。他们的回答等于在说：'我是诚心想要做一些有价值的事的，但其他人入行主要都是为了钱。'"

我们试图将自己塑造为英雄的根源，来自我们自动自发、几乎全部出自潜意识的情感直觉。假设我们对世界建立的模型中含有种族主义或性别歧视的想法，那么在我们遇到黑人、白人、女性或男性时，这些想法会给我们传递一种微妙的"不"的感觉。由于我们将自己视为毫无疑问的好人，因此从逻辑上来说，我们会认为自己的消极情绪一定有其合理的原因。因此，为了仍然视自己为英雄，我们便踏上了寻找这些原因的征程，甚至还成功找回了令人信服的论据。其实，有什么比我们自己的大脑更能愚弄我们呢？我们的大脑非常擅长诓骗我们，让我们相信那些明明充满煽动性和偏见的直觉是符合道德的。既然我们是好人，那么我们之所以从老板那里偷钱，肯定是因为对方一直在剥削我们。既然我们是有爱心的人，那么我们之所以诋毁英国国家医疗服务体系以及英国政府为推进这一政策改革所做出的努力，肯定是出于一种为了提高效率或增加患者选择的利他主义愿望。至少，这就是我对这些事情的看法。对我而言，这种道德真理的真实性，就像石头、树木和双层巴士一样无可辩驳，因为这种道德真理与这些事物都是由同样的物质构成的。除此之外，我对任何合理的论点都视而不见，我无法感知它们，因为它们不属于我的感知。

每个心理正常的人都认为自己才是主角。道德优越感被视为一种异常强烈而无处不在的正向幻觉。保持积极而道德的自我形象不仅能在心理和社交方面给我们带来益处，甚至还能改善我们的身体健康。即便杀人犯和家暴者也倾向于认为自己在道德上是正当的，认为自己是被挑衅后，忍无可忍才施暴的，自己才是受害者。研究人员对囚犯的英雄塑造者偏见进行测试时，发现这些偏见基本没有受到任何影响。这些囚犯认为，自己在包括善良和道德等一系列亲社会属性上高于平均水平。唯一低于平均水平的一项，是遵纪守法。落得身陷囹圄、为自己犯下的严重违法行为而服刑这一结局的他们也只愿承认，在遵纪守法这一属性上，自己的水平与一般人一致。

即使在无尽的痛苦、愤怒和死亡之中，仍有认为自己依然正义的错觉。

研究人员发现，一般来说，暴行的发生有四种原因：贪婪和野心、施虐情结、高度自尊以及道德理想主义。在那些普通人的观念中，和在那些老生常谈的故事里，这种行为被主要归因为贪婪和施虐。而事实上，这些因素扮演的作用是微乎其微的。实际上，暴力和残忍很多时候要归因于高度自尊和道德理想主义，也就是说，对个人和道德优越感的笃信，导致了大多数的恶行。

在吉莉安·弗琳（Gillian Flynn）的《消失的爱人》中，从一定程度上来说，反派艾米·艾略特·邓恩行为的动机来自她病态的高度自尊。准确来说，艾米之所以把谋杀的罪名嫁祸给丈夫，并不是因为他出轨了，而是因为他的出轨会对她的名声造成影响。发现丈夫不忠后，她在日记中写道：

*我几乎听得到那在街头巷尾流传的故事，每个人都津津乐道*

的故事：那个从不犯错的"小魔女艾米"竟然把自己害得身无分文，还不情不愿地跟着丈夫去了中部，结果她的丈夫为了一个年轻小妞一脚踢开了她。这故事真是俗套得很，真是普通得不能再普通，让人笑掉大牙。至于她的那个丈夫吗？人家可过得比以往任何时候都幸福。不，我绝对不容许这样的事情发生。为了这个混账男人，我活生生地改了自己的姓。白纸黑字，艾米·艾略特摇身变成了艾米·邓恩，被人轻飘飘地忘到了九霄云外，不，我绝对不会让他打赢这一仗！于是我开始寻思另一个版本的故事，一个更讨人喜欢的故事，在那个版本里，尼克会因为辜负我而遭遇灭顶之灾，而我会变回十全十美的"小魔女"，成为完美无缺的主角，受尽万千宠爱。因为每个人都钟爱已逝的香魂。①

　　这种基于道德优越感的塑造英雄的故事，被格雷厄姆·格林在《权力与荣耀》（*The Power and the Glory*）中发挥得淋漓尽致。故事发生在墨西哥抗争天主教教廷期间，一个杀人不眨眼的警长在查看一张被通缉的牧师的照片时，首先涌现心头的是情绪："他的心几乎被一种可以称之为恐惧的感觉触动了一下。"接下来浮现心头的，是自我辩护的记忆。紧接着出现的，是将所有这些因素联系在一起的塑造英雄的故事，这让他确信，自己是一个道德的捍卫者：

　　　　他记起了童年时代教堂里的燃香的气息，记起了蜡烛、花边和必须摆出来的端庄稳重。他也想起那些不了解献祭含义的人在圣坛台阶上对教民提出的苛刻要求。一些年老的农民跪在圣像前面，平伸两臂，摆出十字架上受难的姿势，他们在劳累一整天以后还必须继续忍受肉体的折磨……神父拿着募捐袋到处走动，从

①　中译本选用吉莉安·弗琳：《消失的爱人》，胡绯译，中信出版社，2013。——译者注

他们手里拿走一分一分的铜子，谴责他们为了舒适而犯了一些琐屑的罪恶，而他们除了节制一些情欲外却不必做出任何牺牲性行为作为回报。节制情欲有什么困难……他说："我们会抓住他的。"①

人物对自己的正义和道德的笃信，恰恰赋予了他们可畏的力量。伟大的戏剧，通常围绕彼此矛盾的塑造英雄的故事形成，一个故事与主角有关，另一个故事则与主角的敌人有关。这两方基于现实所形成的道德观念在他们各自看来都是完全正确的，但是却完全矛盾，带来了灾难性的后果。于是，这两种思想开始了斗争，至死方休。

# 大卫和歌利亚②
# 大脑塑造英雄的典型手法

尽管我们欠缺理性，但需要注意的是，不要只因为上面说的这些就断言人类是无法正常思考的。毋庸置疑，理性拥有力量，人们可以理智地思考，思想也是可以改变的。然而，人们在构成自己身份的理念上发生重大改变的情况却较为少见，比如石黑一雄笔下的史蒂文斯管家就对情绪克制的价值坚信不疑。而我们在故事中神化的，却正是这些勇敢的灵魂。

---

① 中译本选用格雷厄姆·格林：《权力与荣耀》，傅惟慈译，上海译文出版社，2018。——译者注

② 《撒母耳记》典故，讲述骁勇善战的腓力斯丁巨人歌利亚被牧童大卫战胜的故事。后多用来比喻后来居上的弱者战胜强者。——译者注

　　将世界划分为反抗势力的大卫和全能强大的歌利亚这两股对立的力量，似乎是塑造英雄的大脑的标志性手法。这种手法所描述的世界是这样的：我们是道德的捍卫者，为了我们自身乃至世界的利益，我们在与歌利亚式的巨大邪恶力量作斗争。这个故事，为我们的生命赋予了意义，将我们的目光从头顶可怕的虚空中拽出，迫使双眼紧盯眼前亟待解决的问题。

　　在受到对手挑战时，《公民凯恩》的主角就讲述了这样一段英雄式的叙事。虽然电影以查尔斯·凯恩的死亡为开端，但该部电影的爆点，却是从凯恩继承家族财富开始的。凯恩的神经模型被打破，让他渴望得到认可和关注。于是，他做出了一个惊人的决定，将他的精力投入那家他通过抵押房产而买回来的报社上，这家报社处于颓废之势。接手报社后，他那有缺点的神经模型被释放出来，开始发挥影响力。刚开始的时候，这些模型仿佛完美无瑕，但事实完全相反。在追寻这一目标的过程中，他对真相漠不关心，他曾说"给我几首散文诗，我就能制造战争"，但他辩解道，他之所以这样做，是要为被资本主义剥削的弱势公民而战。

　　凯恩的前监护人姓撒切尔[①]，他可真是人如其名。这位富有而亲资本主义的先生怒不可遏地找到凯恩对峙，在他看来，凯恩的报纸是在"对一切事物和每一个口袋里有超过 10 美分的人进行愚蠢的攻击"。当撒切尔提醒凯恩，他自己就是自己所攻击的其中一家公司的大股东时，这位认为自己行为十分正义的男士宣布："我是《纽约每日问询报》的出版商！这个地方中那些本分又勤劳的人们的利益无人保护，因此，确保他们的利益不被一

---

① 撒切尔的英文为 Thatcher，有"葺屋顶者"的意思。——译者注

群见钱眼开的海盗洗劫一空，这是我的责任，告诉你个小秘密：这也是我的荣幸。"

## 我们不仅在与世界斗争，更在与自己作战

一个人的新老板喜欢和他开玩笑，而他却感到不习惯，看起来，这不像是什么精彩小说中的情节。但对于当事人来说，这件事却有着重要的意义。这撼动了管家史蒂文斯关于世界的运转方式以及他该在其中担任的角色观念的根基，也威胁到了他一直以来生活于其中的神经模型。面对这种意料之外的变化，他试图重新获得对于外部环境的掌控，于是他尝试着开玩笑。而为了解决老板造成的人员配备问题，他踏上了前往康沃尔郡的自驾之旅，希望能说服才华横溢的前管家肯顿小姐重新加入他的团队。

我们很快就发现，肯顿拥有史蒂文斯所缺乏的温情，而他坚守克制情感的信念造成的另一个损失，就是一段本可能与她展开的恋情。从表面来看，《长日将尽》整个故事的主线有两条，一是史蒂文斯的公路之旅，二是他与肯顿小姐关系的变化，但从本质上讲，这并不是这个故事的真正意义所在。在这两条明线之下，还存在着一条更深层的暗线：史蒂文斯正在改变，他的神经模型正在缓慢而艰难地瓦解。

我们很容易认为，反转、追逐、爆点等表层事件就是故事的重点所在。站在主角的视角去体验事件的我们，也会跟他们一样因为这些激动人

心、变化多端的情节分散注意力。然而这些事件如果不是发生在一个特定的人身上，这一切事件便毫无意义。如果没有掉进鲨鱼池里的詹姆斯·邦德，鲨鱼池本身是没有意义的。即使是像 007 这样博人眼球的故事，也依赖人物来塑造剧情。这些故事之所以扣人心弦，不是因为子弹横飞或高速滑雪这样的追逐场景，而是因为我们想要了解这个有着具体过去、有缺点也有优点的具体角色如何从中脱身。要想成功脱身，角色通常只能通过拓展自己的能力、尝试新鲜事物以及做出前所未有的努力，也就是靠做出改变。同理，一部警察刑侦剧给人的感觉，似乎只是一部围绕尸体展开、因信息差而生的沉重悬疑剧，但其中的故事基石，往往是围绕各个嫌疑人的动机展开的谜题，也就是人类行为背后的原因这一永远扣人心弦的话题。

　　当然，不同类型的故事有不同的着重点，心理复杂因素也各不相同，但若没有人物，情节便只是光线和声音的混合物。所谓意义，是由在特定的时间点发生在特定的人身上的事件所创造的。如果不是发生在出身中产、追逐名望却长期不得满足的包法利夫人身上，在安德威烈侯爵豪宅里举办的那场奢华舞会也只会让我们提起三分钟的兴趣。她惊异于那些富裕客人的肤色，那肤色"是阔人肤色"、"被瓷器的青白……越发衬白"，是"饮食讲究、善于摄生的结果"。[1] 而她也闷闷不乐地注意到，丈夫的裤子腰部勒得太紧了。这场舞会的意义，只在于对包法利夫人造成的影响上。无论故事中的事件多么令人眼花缭乱，核心最终都要落到人物身上。

---

[1] 中译文选用福楼拜：《包法利夫人》，福楼拜著，李健吾译，人民文学出版社，2003。——译者注

正如我们到目前为止看到的，角色的痛苦产生于自身和外部世界的矛盾。在他们看来，自己一直以来生活于其中的神经模型，就是现实本身。这个模式本身存在缺陷，从而影响了角色控制现实外部世界的能力。混乱来袭时，这些模式便开始瓦解。角色会渐渐失去对世界的控制，而与周围的人和事件产生进一步的戏剧冲突。

然而，让一切变得更加复杂的是，故事中的人物不仅仅是在与外部世界斗争，他们也在与自己作战。这场战斗的主要部分，是主人公在潜意识这间奇怪的地窖中进行的。问题的关键在于驱动所有戏剧的根本问题：我是谁？

# 03

## 好故事的
## 核心

—

### 永恒的挣扎与渴求

THE SCIENCE
OF
STORYTELLING

# 剧情的引爆点　不可靠的
脑中声音

　　查尔斯·凯恩是一个属于人民群众的人。他本可以继承一大笔财产，但却决定拒绝接受唯利是图的富裕生活。他选择成为被压迫者的盟友，即使这有损自己的经济利益。作为《纽约每日问询报》的编辑，他不屈不挠地为人民争取权利。为了更好地为人民服务，他还参加了纽约州州长的竞选。有谁可以挑出这样一个无私高尚之人的不是呢？

　　事实证明，他的老朋友就可以。凯恩刚刚参加完政治竞选，孤独而凄凉的他，在仍挂满横幅和海报的竞选办公室中来回踱步。竞选失利了。之后，他最好的朋友杰德戴·利兰跟跟跄跄地走了进来，原来他因为心情沮丧出去喝得酩酊大醉。在凯恩痛心地表示"人民已经做出了他们的选择"时，利兰打断了他，含糊不清地说道："你谈及这些人的方式，就好像你拥有他们，好像他们是属于你的。回想起来，你一直在说要赋予人民权利，就好像你要把自由作为礼物赠予他们，仿佛这是为他们所提供的服务准备的一份回报。还记得工人阶级吗？你曾经写过那么多有关工人阶级的文章。但现在，工人阶级已经摇身一变，成了隶属于工会的工人了。当你发现这意味着你的工人希望这一切是他们有权利得到的，而不是你赠给他们的时，你心里一定不是滋味。当你看重的弱势群体真正团结在一起时，我不知道你会怎么做。你或许会选择坐船到荒岛上去，在那里对猴子们发号施令吧。"凯恩说他喝醉了。"喝醉了？"利兰回应道，"你在乎我喝没喝醉？你什么都不在乎，除了你自己。你只是想让人们相信，你深爱他们，所以他们也应该爱你。"

那么，查尔斯·凯恩到底是什么样的人？这是在《公民凯恩》电影一开始，编辑罗尔斯顿向他那些从事讲故事这一职业的员工们提出的问题。他是老友认为的那样，自私自利、妄自尊大、渴望认可和关注，还是塑造英雄的大脑所自以为的那个人，勇敢、慷慨而无私？

这个人到底是谁？这是一个所有故事都会提出的问题。这个问题的出现是剧情的一个爆点。遇到意想不到的变化时，主人公会表现出过激的反应，或是以一种意想不到的方式行事，而我们则会打起精神，来了兴致。这个人到底是谁，竟会做出这样的反应？每当主人公受到另一个人的挑战或被迫做出选择时，这个问题就会再次出现。

每当出现这样的情节，读者或观众的兴趣便很可能被调动起来，而当这个问题消失不见时，戏剧事件便失去了故事的光芒，这时，读者或观众就有可能无法专注在故事上，甚至感到无聊。我认为，所谓讲故事的秘诀，就在于此。这个人是谁？抑或从人物的角度来说：我是谁？这就是戏剧的本质，这是戏剧鲜活起来、打动人心、散发魅力之处。

要想利用这一戏剧性问题所带来的作用，我们就要明白答案不是那么容易找到的。因为即便在最清醒的时候，绝大多数人也不知道自己是什么样的人。如果你问凯恩他是什么样的人，他肯定会说自己是个高尚无私之人，与老友在喝醉之后对他的控诉中所说的截然相反的人。凯恩的回答是发自内心的。但是，正如剧本巧妙揭示给我们的那样，他错了。

凯恩之所以认为自己是高尚而无私的，是因为他一直在听从脑中的一个声音，这个声音告诉他，无论从哪一点看，他都是个有道德、正义感强的人。并非只有像 B 先生这样的精神病患者才会听到这样的声音，我们每个人都会听到。你现在就能听到你脑中的声音，它正在读这本书给你听，一边阅读，一边时不时地加以评论。这种声音由主要位于大脑左半球的语言回路产生，在生活和故事中，那些有缺点的人们通常会被这种内心的声音误导。然而，这种声音并不可信。

这种声音之所以不可信，不仅是因为这种声音向我们传达了真假参半、取悦我们的信息，将我们塑造成了正义的样子，还因为发出这种声音的人无法直接了解自身真实的性格。我们感觉好像这种声音为我们所控，仿佛这个声音就是我们自己。但是，事实并非如此。所谓的"我们"，是指我们的神经模型。而我们脑中的声音，只是在观察头骨的可控幻觉中发生的事件，并作出相应的解释，我们自身的行为也包括在这些事件中。这个声音把所有的事件联系在一起，形成一个连贯的故事，告诉我们自己是谁、为什么会做出正在做的事情、目前是什么感受。这个声音让我们感觉到，自己仿佛成了那场扣人心弦的大脑表演的控制者。确切来说，这不是撒谎，而是在编故事。心理学哲学家丽莎·博尔托洛蒂（Lisa Bortolotti）教授解释说，编故事时，"我们在讲述一个虚构的故事，但同时又认为它是真实的"。我们无时无刻不在编故事。

通过一系列著名的实验，神经学家罗杰·斯佩里（Roger Sperry）教授和迈克尔·加扎尼加教授揭示了这个令人不安的事实。他们的研究回答了一个奇怪的问题：如果把一条指令植入大脑，然后设法不让脑中的声音感知到，会发生什么呢？举例来说，你成功地将"走路"这条指令插入一个人的脑中，让这个人开始行走起来。如果脑中的声音不告知大脑的主人自己正在行走，那么大脑的主人将如何解释自己在做什么呢？他们会不会像行尸走肉？他们是会对此不以为意，还是会做出别的反应？

脑中的声音所依赖的大部分回路位于左脑，因此，科学家需要找到一种方法将信息传递到右脑，并存储在那里，不让脑中的声音发现。这就意味着他们要招募所谓的"裂脑"患者来参加试验。为了治疗疾病，癫痫病患者要将其连接左右脑的线路切断，但除此之外，他们生活的其他方面都是正常的。

这也正是两位科学家的做法。他们向裂脑患者展示了一张上面写着"走路"的卡片，并且只让他们的左眼看见。由于大脑回路的结构，这些信息被传输到了右脑。而且，由于这些患者左右脑之间的线路被切断，这些信息便留在了那里，藏匿在脑中声音找不到的地方。

接下来发生了什么呢？这位患者站起身来，开始行走。当实验人员问对方为什么要行走时，他表示："我要去买一杯可乐。"所以，大脑在神经领域观察到了正在发生的事情，并编造了一个因果故事进行解释。大脑是在编故事，它并不知道主人站起身来的真正原因，但还是出于本能编造出一个完全说得通的故事来解释这种行为，而大脑的主人也对此坚信不疑。

大脑为主人的行为编故事这种情况再三发生。当研究人员将一张美女海报展示给一位女性"无声"的右脑看时，这名女性咯咯地笑了起来。她把这种行为归因于研究人员使用的机器会引人发笑。另一名女性"无声"的右脑看到一名男子被推入火中的视频时，她表示："我实在说不清楚原因，但就是有点害怕，提心吊胆的。我猜可能是我不喜欢这个房间吧。也可能是因为你，也许让我感觉紧张的是你。我知道我挺喜欢加扎尼加教授的，但现在却怕起他来了。"

加扎尼加教授表示，脑中的那个"我"会试图去寻找事件的解释或原因。换句话说，这个"我"在做的其实是编故事。事情真相固然有一定的意义，但对这个"我"来说却并不重要："只要找到一个说得通的解释就够了。"脑神经结构很大程度上控制着我们的感觉和行为，也有人认为是完全控制脑内的这个叙述者和脑神经结构并不直接相连。脑内的"我"与真正导致情绪和行为的回路分开存在，因此，它不得不迅速东拼西凑出含有意义的故事，解释我们所做的事情和背后的原因，在这些故事中，通常我们都是主人公。

尼古拉斯·埃普利教授表示，正是由于这些发现，"再也没有心理学家会要求人们解释自己思想和行为背后的原因，除非他们自己对讲故事感兴趣。"正因如此，列纳德·蒙洛迪诺（Leonard Mlodinow）[1] 教授的一位研究神经学的同事表示，"经过多年的心理治疗，我现在能够编造一个对自己的感受、动机和行为有益的故事。但这个故事是真的吗？可能不是这样。事实的真相存在于我的丘脑、下丘脑和杏仁核这些大脑结构中，而无论如何向内深挖，我都无法利用意识碰触到这些结构。"

关于人，有一个既可怕又有趣的事实：我们当中没有人能够回答那些与我们相关的戏剧性问题。我们不知道自己行为和感受背后的原因。在为自己的抑郁寻找理论解释时，我们会编故事；在为自己的道德信念进行辩护时，我们会编故事；在解释一段音乐为什么打动我们时，我们也会编故事。我们的自我意识，是由一位不可靠的讲述者构建起来的。我们受它引导，相信自己能够完全掌控自己，但事实并非如此。

生活成了一场痛苦的挣扎，我们做出那些莫名其妙、自我毁灭的行为来辜负自己，我们说出连自己都意想不到的话，我们一边责备自己一边给自己打气，然后又扪心自问"我到底在想什么"，我们对自己感到绝望，怀疑自己到底能不能吃一堑长一智。这一切背后的原因都在于此。

在这些故事中，那个戏剧性的问题会以意想不到的方式无休止地延展

---

① 美国著名理论物理学家、数学家、编剧和作家。曾与霍金合著过《时间简史》（普及版）和《大设计》。——译者注

下去，因为主人公自己也不知道答案。在戏剧的压力下，随着时间一分一秒的推进，他们逐渐发现自己的本来面目。在遇到情节反转时，他们往往会惊讶于自己的真实自我。每当你读到"她听到自己脑中的声音说……"或"他在不知不觉中发现自己在做……"之类的内容，便很可能是这些力量在起作用。剧中人物，乃至读者和观众眼前展开的，便是对那个戏剧性问题的全新解答。

在剧中人物眼中，自我是如此难以捉摸，以至于他们对自己的真实感受和动机也浑然不知。在小说《完美想法》(The Idea of Perfection) 中，通过已婚的费利西蒂·波塞琳和当地屠夫阿尔弗雷德·张的相遇，作者凯特·格兰维尔 (Kate Grenville) 完美地揭示了剧中人物以为的自我与真实的自我之间有多么大的差距。费利西蒂确信阿尔弗雷德已经爱上了她。她不知如何应对这种情况，因此开始在他的商店外面徘徊，直到另一个顾客到来，才和他一起进店。一天晚上，费利西蒂在商店关门后来找阿尔弗雷德帮忙，不得不与他单独共处一室。而接下来展开的场景，让我们开始对费利西蒂所说的阿尔弗雷德喜欢她这个故事产生怀疑。

第一眼看到阿尔弗雷德时，费利西蒂就感到"一种脉搏的颤动……像是恐惧或是怯场，但又并不是这些感觉"。她脑中的自我立即编造出一个虚构的故事，来解释这种强烈的感受："这是因为，她知道他爱她。"费利西蒂的双眼在张先生的脸庞和身体来回移动，注意到他衬衫上有一个开口。"她竟然能看到他蜜色腹部的一条皱褶和可爱小巧的肚脐。"两人谈话时，她下意识地直呼了他的名字。"她以前从没有直呼过他的名字，也不知道为什么偏要现在这样做。这只会助长他的情愫。"他把裤子往上拉时，她看到

"拉链周围那里鼓了起来。而且，就在那里，裤子的面料磨损了。她很自然地把目光移开，但还是能注意到。那里确实磨损得很厉害。她听见自己发出咯咯的笑声"。她让自己"笑得不要太开，她知道，这样笑能让她脸上的皮肤漂亮地舒展开来"。在评论他的全家福照片时，她的话让自己也吃了一惊。"'这些照片真好看！'她不假思索大加赞赏，'真亲密。'这不是她的意思。'亲密'，听起来不太对劲。在这个词的意思在安静中被放大之前，她赶紧继续下一个话题。"

在这个阶段，如果知道自己最终会和阿尔弗雷德翻云覆雨，费利西蒂一定会觉得难以置信，但你我却不会觉得惊讶。她刚看到他时感觉到的"那种脉搏的颤动"，就是她自己的欲望。就像杰迪戴·利兰对老友凯恩尖刻的看法一样，费利西蒂自己视而不见的关键问题的答案，在我们眼中却昭然若揭。这一幕之所以精彩，是因为随着一段段、一行行引人入胜的文字，答案一直在变化之中。


## 人物的多重自我　隐藏于
## 意识之下的纷乱之力


多年以来，我一直避免自己对什么感到过度渴望甚至上瘾。到中年时，我陷入了与食物的斗争之中。我生活的地区奉行的文化推崇年轻完美的身体，由于这种文化流淌在我的体内，因此，我陷入了一场绝望的斗争之中，盼望着自己的腹肌重回十八岁时的风采。在对自己发起这些没完没了的战争时，我发现，真实的自我似乎一直在变化之中。

在享用完一顿丰盛烤肉晚餐之后的周一早晨，我会化身为不折不扣的"节制船长"，严格奉行自己的价值观，恪守维多利亚式的古板。我会把橱柜里的食物清理干净，把生活安排得井井有条。但到了周三晚上的五点，"节制船长"却不见了踪影，取而代之的，是傻里傻气的"我"，仿佛心智退化回了小时候，在那个"我"看来，一个四十多岁的男人还要为肚子上的一点点赘肉担心，是很可悲的。工作了一周后，理应饱饱口腹之欲。你怎么了？竟然会如此苛待自己连一口干酪都不能吃？多么无趣，多么虚荣，简直跟维多利亚时代的人一样古板！我开始认识到，自控的问题并不在于意志力，根源在于，我们的脑中居住着形形色色的人，他们各有不同的目标和价值观，其中有些决心要变得健康，而有些则一心想要快乐。

我们的大脑拥有世界上所有事物的模型，除此之外，我们也有针对自我建立的各种模型。为了争取我们身份的控制权，它们无时无刻不在斗争。在不同的时间和环境下，取得控制地位的是不同的"自我"。一旦占据主导，那个"我"就会扮演大脑中的声音的角色，激情澎湃地阐述自己的观点，并且往往会如愿以偿地占据话语权。而我们没有意识到的是，其实许多迷你版的自我也在试图争夺这个话语权，神经学家大卫·伊格曼教授认为，为了争夺话语权，这些迷你自我陷入了漫长的斗争。而我们的行为，就是战争的最终结果。与此同时，我们脑中的那个"我"夜以继日地工作着，不断地编着故事将逻辑的图案编织进我们的日常生活中：刚刚发生了什么，我在其中扮演了什么角色？编故事是我们大脑活动的主要功能之一。大脑之所以这样做，唯一的目的，就是给这一民主体制中多方的行动赋予合理性。

　　一种叫作异手综合征的疾病，揭示了多重自我的真相。对于异手综合征的患者来说，某一只手臂的行为会完全不受控制。德国神经学家科特·戈德斯坦（Kurt Goldstein）教授回忆道，一名女子用左手"抓住了自己的脖子，想要把自己掐死，强行用力才得以掰开"。美国神经学家托德·范伯格医生曾见过这样一个病人，他"接起电话，但一只手却拒绝把话筒交给另一只手"。据英国广播公司报道，一名医生问他的病人为什么要脱衣服，那位病人表示"在他提醒之前，我根本不知道自己的左手在解衬衫扣子。因此，我开始用右手把扣子扣上，可一停下来，左手就又把扣子解开了"。她的"异手"会在她不知情的情况下从手提包里拿东西。她说："意识到这一点之前，我丢了很多东西。"据迈克尔·加扎尼加教授描述，一位病人曾"一边用左手抓住妻子猛烈摇晃，另一边又用右手试图解救妻子"。有一次，加扎尼加教授看到那名病人用左手拎起了一把斧头，然后"蹑手蹑脚地离开了现场"。

　　情绪化时，多重自我就会显露出来。生气的时候，我们仿佛变了一个人，与怀旧、沮丧或激动时的自己相比，这个自己活在另一个世界中，拥有不同的价值观和目标。作为成年人，我们已经习惯了这种神奇的自我转变，并觉得这些体验是自然、流动而且符合规律的。但对于孩子而言，不经个人意愿就从一个人转变为另一个人的经历可能会令他们深感不安。他们会感觉好像被一个邪恶的女巫施了毒咒，从公主变成了女巫。

　　在其具有开创性意义的经典著作《童话的魅力》中，精神分析学家布鲁诺·贝特尔海姆（Bruno Bettelheim）教授提出，让读者理解这种可怕的转变，是童话故事的核心功能之一。一个孩子无法意识到，排山倒海的愤怒情绪可能会让自己想要摧毁为他提供温饱的人。要理解这一点，这个孩子就必须接受这样一个事实：情绪可能会征服他，不受他的控制。这是一个非常可怕的想法。

在童话故事中，那些可怕的内在自我都化身成了虚构人物。一旦被赋予了定义和形象，这些内在自我就变得好管理了。可以用这些人物的故事教导孩子，只要有足够的勇气去斗争，他们就能控制内心的邪恶自我，帮助善良的自我占据主导地位。贝特尔海姆写道："如果孩子所有美好的心愿都体现在善良的仙女身上，所有破坏性的愿望都体现在邪恶的女巫身上，所有恐惧之情都体现在一头贪婪的狼身上，所有良知的需求都体现在一位在冒险中遇到的智者身上，所有妒恨都体现在某种啄瞎宿敌眼睛的动物身上，这样的话孩子们便可以开始认清心中那些彼此矛盾的情绪的特质了。如此一来，孩子就越发不会陷入难以控制的混乱状态之中。"

当然，多重自我的概念有其局限。我们不会像哲基尔和海德①那样完全变成另一个人。我们有一个核心人格，这个人本已受到文化和早期生活经历的影响，会呈现相对稳定的状态，但这个核心就像是一根我们不断地围绕着它灵活转动的柱子。在特定的某个时刻，我们所做出的行为是我们的个性与当时所处环境结合的产物。

---

① 英国作家罗伯特·路易斯·史蒂文森（Robert Louis Stevenson）小说《化身博士》中的人物，讲述了哲基尔博士喝下了自己配制的药剂而分裂出邪恶的海德先生人格的故事。经过演化，"哲基尔和海德"一词逐渐在心理学中成了"双重人格"的代称。——译者注

　　精彩故事中的人物会反映出这一点。这些人物是立体的，或者说拥有更多面相。他们不仅有鲜明的个性，而且这种个性还会随着环境的变化而不断改变。在《问尘情缘》（*Ask the Dust*）的一个场景中，作者约翰·范特（John Fante）很好地捕捉到了这一点。这部小说讲述了年轻的阿图罗·班蒂尼对女服务员卡米拉·洛佩斯的单恋。在一系列黑暗而连续不断的变化中，在拜访卡米拉工作的哥伦比亚自助餐厅时，班蒂尼那鲜明的多重自我呼之欲出。

　　看着卡米拉和几位男顾客一起开怀大笑的样子，班蒂尼怒火中烧。他礼貌地招呼她过来，暗暗告诉自己："对她好点，阿图罗。哪怕装装样子。"他邀请她下班后跟他约会。她说她很忙。他"温柔地"请求她把约会推后，表示自己必须见到她。当她再次拒绝时，他另一个愤怒的自我冒出头来。他把椅子往后一堆，大喊道："你必须见我！你这个傲慢愚蠢的酒保！你必须见我！"他怒气冲冲地走出餐厅，在她的车旁等她，暗暗告诉自己："她还没有好到可以找借口不跟我约会的地步呢。老天啊，她真是让我恨得牙根痒痒。"

　　等卡米拉终于现身时，班蒂尼试图强迫她跟自己一起离开。一阵扭打之后，她和一个酒保一起脱身了，而班蒂尼则陷入了自我憎恨的泥沼之中。

　　班蒂尼，你个白痴、蠢货、王八蛋、傻子！但我就是没办法控制自己。我看了她的驾照，找到了她的地址。那是在 24 号街和阿拉米达街交叉口附近的一个地方。我就是管不住自己。我走到希尔街，上了一辆阿拉米达街的电车。这件事让我来了兴趣。我发现了自己性格中新的一面，野蛮又黑暗，这是一个新的班蒂尼，我以前都没发现原来我还有这一面。然而过了几个街区后，这种情绪就烟消云散了。我在货运站附近下了车。邦克山离这里有 3.2 公里远，但我还是走了回去。回到家时，我告诉自己，我和卡米拉·洛佩斯之间彻底结束了。

在这一段文字中，范特将班蒂尼所有的矛盾和多样性展现得淋漓尽致。他一会儿爱她，一会儿又恨她。前一秒他狂妄自大，下一秒就成了愚蠢、卑鄙的小人。跟踪她的决定，是从潜意识里产生的一种冲动。当这冲动突然消散时，他对自己突然不再疯狂也不觉得奇怪。

这个人，受制于隐藏于意识之下的混乱力量。他竭尽全力，才勉强不怀疑自己仍然能够控制住自己，但其实这是一种错觉。这一幕很难不让人想起那些患有异手综合征无法控制自己的病人，很难不让人想起那些"异手"解开衣扣、掐紧脖子或是拎起斧头的场景。这幕戏在结构上说得通，因为它遵循了因果关系，由一个事件引出另一个意外事件，然后再导致另一个意外事件，如此继续发展。而这幕戏从意义上也说得通，因为它一直在提出和回答那个关键性的问题：班蒂尼到底是什么样的人？

# 内在冲突　第二层潜意识
# 溢入第一层的时刻

没有人能确定世界上被人拍摄最多的是哪棵树。有人说是加利福尼亚州蒙特雷的一棵松柏，有人说是美国约塞米蒂国家公园附近的一棵杰弗里松，还有人说是新西兰瓦纳卡湖的一棵垂柳。即使从未见过，你也能想象出这些树木的样子，想象它们茕茕矗立于无垠蓝天之下、湖泊之上或岩石之中的身姿。

这些孤独树木散发出的那种或潜藏深处或若隐若现的真实的美丽，让无数智者为之着迷。这些树木打动了摄影师潜意识中的某些东西，给他们带来一股愉悦之情。孤独、勇敢、坚强、美丽，那些驻足拍照的人所拍摄的并不是树，而是他们自己。

这些照片让我们看到，人类的意识有两个层面。我们日常生活中的各种事件就发生在人类意识的表层，由视觉、听觉、触觉、味觉和嗅觉共同构成，由塑造英雄故事的内在声音所讲述。在这一层面之下，是神经模型的潜意识层面，就像夜晚的大海，涌动着感情、欲望和记忆碎片，在这片海洋中，各种欲望为争夺控制权而彼此竞争。

我们讲述的故事同样有两个层面。心理学家杰尔姆·布鲁纳（Jerome Bruner）教授写道，这些故事在两个领域中运作，一个领域是现实世界，另一个领域则是"我"的想法、情感和秘密活动的思维世界。在故事的表层意识上，我们能够感受到戏剧中清晰的因果关系，而故事中的潜意识，则隐藏在可见事物之下。潜意识之中充满了象征和分裂，其中的人物有多重自我，自我矛盾，常做些令他人意想不到的事，就连他们自己也没想到。

故事中那些最为震撼人心的时刻，出现在下层的潜意识溢入第一层的时刻。在吉尔·索洛韦（Jill Soloway）担任导演和编剧的电视剧《透明家庭》（*Transparent*）中，有一幕戏让我感动得潸然泪下，在这幕戏中，角色乔什·普费弗曼以一种连自己都没有料到的方式展现出真实的自我。这部剧讲述了一个家庭的男主人决定变性为女性，从"莫顿"转变为"莫拉"的故事。莫拉的儿子乔什天性开朗、爱挖苦人，本质上还算正派。他是一家唱片公司的高管，观点前卫，一直想要支持莫拉完成变性。

但是，乔什的状态却越来越差。在第二季接近尾声处，与几位乐队成员一起驾车时，他突然一反常态地咆哮道："看看这路堵得！他们掐着点儿呢，就是为了让你动不了地方。这他妈的是他们的阴谋诡计。"接着，他对其他司机狂按喇叭："蠢货，你他妈的给我开啊！他们把我堵死在这儿了！"他已经失去了理智。身旁坐着的一个女人坚持让他靠边停车。此时的乔什，已经有些呼吸困难。

过了一会儿，他上门拜访母亲雪莉，却发现她不在家。母亲的新男友巴兹把他请进家里。乔什向巴兹坦白道："真是一片混乱。我原以为到了现在，我是能把生活给理顺的，但一切都在崩塌。"满头灰发、扎着马尾辫、穿着嬉皮衬衫的巴兹，与乔什属于两代人。他的神经模型建立于更早的年代。他认为，乔什只是因为"失去"了父亲而不知所措。乔什却不这么认为，他觉得是巴兹没有搞清状况，并没有人去世。"你居然觉得我想念莫顿？"他愤怒地问道。

"你觉得呢？"巴兹问。

"嗯……说你想念一个已经变性的人，这种说法的政治立场是不正确的，所以……"

"这跟所谓正确无关，乔什，这个问题和悲伤以及哀悼有关。你是不是因为失去父亲感到悲伤并且想哀悼一下？"

"父亲？失去他？不，我……我不知道该怎么哀悼。"

片刻的沉默之后，乔什瘫倒在这位前辈的怀里，哭了起来。

在一个精彩严谨的故事中，戏剧冲突构成的表层世界会与人物的潜意识世界不断相互影响。发生在表层的混乱，通常会为潜意识带来许多难以预测的影响，从而塑造出具有深度的角色。正如心理学家布赖恩·利特尔（Brian Little）[1]教授所写的那样："从本质上来说，所有人都是科学家，他们针对这个世界建立假设、予以检验，并根据自己的经历对原先的假设加以修正。"当他们稍微调整了对自己的认识时，在潜意识这个层面，那个关键问题的答案也会发生变化，而随着性格的改变，人们的行为也会发生改变，如此循环往复。

以人物作为出发点，这是情节理应展开的方式。在情节的爆点，当戏

---

① 蜚声国际的心理学大师，先后任教于哈佛大学、剑桥大学。他的《突破天性》已由湛庐引进，由浙江人民出版社出版。——编者注

剧性事件开始向人物接踵袭来时，人物潜意识里的神经模型会第一次遭到严重的破坏。这时，人物会试图重新施加控制，但最终会以失败收场，甚至把情况搞得更糟。针对世界建构的神经模型会逐渐崩溃，而人物的潜意识也会陷入恐慌和混乱。

随着人物神经模型的崩塌，先前被压抑的意志、思想和自我开始显露出来，并占据主导地位。这可以视为大脑在尝试用新的方法掌控环境。人物或许会表现出连自己也没有想到的行为，就像阿图罗·班蒂尼出乎意料地成了跟踪狂。这些意想不到的行为，可能会让他们更加了解自己。比如乔什·普费弗曼崩溃大哭时，他对自己也多了一层认识。

戏剧中那些最令人难忘的场景，向我们展示了人物在心中对于那个关键性问题进行的自我斗争。在这些场景中，人物的性格产生了分裂，处于一种内部冲突的状态。例如，他们所说的话可能会与其行为相互矛盾，这表明他们正在同时表现两个版本的自我。这时，我们还不太确定角色接下来会做出什么举动。他们的性格，就在我们眼前发生着变化。

就这样，情节继续向前发展，探索那深层、真实而不可预知的世界，每一个新的发展，都源自于人物的改变。一寸接一寸，一场接一场，人物和情节相互影响，彼此改变。随着情节的发展，在认识到自己无法掌控世界时，人物不得不开始逐渐重新审视自己关于世界运作方式的最深刻的理念。他们看重的控制理论受到了质疑。在意识的层面之下，他们被迫不断扪心自问戏剧中的关键问题：我是谁？我要成为什么样的人，才能让一切重回正轨？

在罗伯特·鲍特（Robert Bolt）和迈克尔·威尔逊（Michael Wilson）共同担任编剧的大片《阿拉伯的劳伦斯》（*Lawrence of Arabia*）中，推动情节发展的因素就在于此。劳伦斯的缺点大致可以说是某种表现为叛逆的虚荣心。他是个相当狂妄自大的人，这是他掌控周围人的方式，也是让他感到自己高人一等的方式。在电影开始的一场戏中，他卖弄地徒手掐灭了一根点燃的火柴。观众们刚开始认识的劳伦斯是一战期间英国陆军的一名中尉。由于他没有向上级默里将军敬礼，将军抱怨道："我真搞不清楚你到底是没教养还是缺根筋。"

"我自己也纳闷呢，长官。"劳伦斯不以为意，轻蔑地回答。

"闭嘴。"

"是，长官。"

劳伦斯被派往中东执行一项情报任务。故事的爆点发生在他穿越沙漠展开工作的时候，当地向导从一位阿拉伯首领阿里的水井里喝了水，因此被对方枪杀。因为这个出乎意料的转折，劳伦斯意识到了自己建立于叛逆和虚荣之上的错误的控制理论。劳伦斯反应的方式令人出乎意料。他的控制理论让他没有选择逃跑，也没有卑躬屈膝地求对方饶命。相反，他选择义正词严地痛斥凶手。前几场戏中那个傲慢无礼的自大狂不见了，戏剧中的那个关键问题提了出来。

在经历了土耳其人对其宿敌阿拉伯人的残酷进攻后，劳伦斯反叛的虚荣心再次发挥作用。他加入了阿拉伯人的战斗，并建议他们徒步穿越炼狱般的内夫得沙漠，对一座土耳其要塞发起突袭。在旅途中，劳伦斯叛逆的虚荣心再次爆发，他不顾所有人的建议，坚持踏上九死一生的险途，重回沙漠拯救一个迷路的阿拉伯人。当劳伦斯带着那个人回来时，阿拉伯人欣喜若狂地为他欢呼。表层的戏剧事件再次影响了第二层的潜意识。他的控制理论，也就是靠着虚荣和叛逆他可以获得想要的一切，被证明是行得通的。因此，他变得愈加虚荣和叛逆。他成了部落的一员。在一个极具象征意义的时刻，那个射杀向导的酋长阿里烧掉了他的西方服饰，让他穿上了"酋长的长袍"。当劳伦斯带领阿拉伯人成功进攻土耳其要塞时，他的虚荣心更加高涨。

然而，在表面的戏剧事件之下，一切已经开始分崩离析。就在成功进攻土耳其要塞之前，为了防止手下的阿拉伯军队派系之间互相攻击，劳伦斯被迫处决了一名男子。而在成功进攻之后，他不小心将军队带入流沙之中，造成一人丧命。这些经历让他心生不安。当他终于走出沙漠来到苏伊士运河岸边时，对岸一个骑摩托车的人发现了他。看到这位从沙漠中走出的身穿阿拉伯长袍的奇怪白人，摩托车手对其心生好奇，于是在河对岸喊道："你是谁？你是谁？"这个问题弥漫在炙热的空气之中，而镜头定格在劳伦斯困惑的脸上。

他是谁？他是那种叛逆又虚荣的人吗？他到底是独一无二的，还是平庸无奇的？这个简单的问题，贯穿这部电影中每一个扣人心弦的场景。到目前为止，事实告诉我们，他基本上算是一个非凡的人。他的控制理论起了作用，虚荣和叛逆让他一次又一次地取得成功。当他痛斥凶手酋长阿里时，我们欢欣鼓舞！当他救出倒下的士兵时，我们欣喜若狂！当他赢得战争时，我们欢呼雀跃！但是，如果这就是故事的全部内容，这部电影便无法斩获七项奥斯卡奖。

　　戏剧的压力开始打破劳伦斯对世界建立的模型。坚守控制理论可能会给他带来辉煌的胜利，但也可能给他深层的潜意识造成巨大的痛苦。当他从沙漠回来时，默里将军给他加官晋爵让他回去，这时，我们第一次发现了他身上正在发生阴暗的转变。劳伦斯拒绝了默里将军。他解释道："我杀了两个人，他们都是阿拉伯人。其中一个是男孩，那是昨天发生的事，我把他带进了流沙。而另一个是成年男人，我不得不用枪处决了他。不知怎的，我感觉到了一种不太喜欢的东西。"

　　听完劳伦斯的话后，默里将军说："嗯，感觉不好是正常的。"

　　"不，我不是这个意思。"他回答道，"我居然觉得非常享受。"

　　在这个充满戏剧张力的场景中，我们看到了劳伦斯的分裂。曾几何时，他懂得通过叛逆和虚荣心来控制世界。这种控制理论为他带来了巨大的成功，使他成为一个非凡的人。但与此同时，这也带来了意想不到的影响。他看到了自己将会成为的样子，以及所谓"成功"的真正含义，并为此感到害怕。

　　然而，军方高层却对劳伦斯的请求无动于衷。他们深谙如何说服像他这样虚荣的人，也就是要支持他那漏洞百出的控制理论。他们告诉劳伦斯，他在沙漠中完成的壮举是非凡的，并推举他成为勋章获得者的候选人。他们称赞他是一名杰出的士兵，非一般人能比。正是由于劳伦斯的自以为是，他们的怂恿起了作用。劳伦斯同意回到沙漠，虚荣和叛逆都上涨到了前所未有的程度。他领导了一场针对土耳其火车的突袭。阿拉伯人成功将火车洗劫一空，几乎将他奉为一位活神，齐声高呼他的名字："劳伦斯！劳伦斯！劳伦斯！"

就这样，他变得越来越自以为是。他开始对手下的士兵提出不可能做到的要求："朋友们，谁愿意跟我一起在水上行走吗？"酋长阿里提出抗议，说他对士兵的要求太过分了，而劳伦斯却反驳说："我提出的要求都是能做到的。你觉得我只是泛泛之辈吗，阿里？你真是这样想的吗？"

随着事情的发展，劳伦斯虚荣和叛逆到他表现得仿佛自己真有魔法似的。在忧心忡忡的酋长阿里的陪伴下，他大摇大摆地进入土耳其驻军基地，踢踏着走过水坑，全然不顾自己白得耀眼的肤色，笃信自己不会被发现。"你没看到他们看你的眼神吗？"阿里愤怒地压低声音说。

"别紧张，阿里，"他回答道，"我能隐形。"

然而，事实是劳伦斯并不能隐形。他被抓了起来，遭到了残忍的折磨。在被打得皮开肉绽之后，他终于意识到自己的控制理论有多么荒谬。他对自己的基本认知是错误的，而且错得无以复加。回到基地后，伤口仍在淌血的他向默里将军递上一份离开阿拉伯的书面请求。

"为什么？"默里将军问道。

他回答说："说实话，我只是个普通人。"但默里知道如何劝他回心转意："你可是我见过的最不寻常的人。"

"放过我吧，"劳伦斯恳求道，"放过我吧。"

"哎，你这话说得多软弱呀。"

"我知道我的确比一般人强一点。"

"你可不止比一般人强一点那么简单。"

"好吧！"劳伦斯说，"就算我卓尔不群，那又怎么样？"

不久，在电影中最具标志性的一个场景中，劳伦斯率领他的阿拉伯军队对逃离的土耳其人发动了残忍袭击。"格杀勿论！"他大声喊道，"格杀勿论！"在用完手枪子弹后，他开始用匕首疯狂砍人。在电影开场被他斥责为"野蛮人"和"杀人犯"的酋长阿里，现在却反过来求他住手。劳伦斯浑身是血，身边满是刚刚被杀的死人，他举起血淋淋的匕首，惊恐地盯着自己的影子。

这样的故事与生活本身一样，都是显意识与潜意识、台词和潜台词之间的不断对话，在两个层面之间不断地互为因果。这种故事虽然往往令人难以置信且经过高度提炼，但仍向我们透露了一个关于人类境况的真相。我们相信能够自控，但却无法避免不断被环境和周围的人改变。生活与故事的不同之处在于，在生活中，我们是谁这个关键性的问题永远没有一个令人满意的终极答案。

## 现代主义故事　显意识与潜意识之间的模糊关系

像《阿拉伯的劳伦斯》这样的悲剧非常适合用来解析，因为故事往往会将重点放在人物产生变化的因果关系上，因此很容易理解。虽然有些故事的过程不那么明显，但所有的原型故事的内容都是如此。这些故事所讲述的，都是不完美的自我如何幸运地得到了治愈的机会。人物最终幸福与否，就看他们是否接受这些机会。比如查尔斯·狄更斯的《圣诞颂歌》中的埃比尼泽·斯克��奇，或是博·古德曼（Bo Goldman）担任编剧的奥斯卡获奖影片《闻香识女人》中的查理·西姆斯和弗兰克中校，对于这些选择被治愈的人物，观众会由衷地欢呼叫好。但无论这些人接受与否，对于创作者想让我们得出的结论，我们几乎都非常明白。在最后一幕这个关键的问题一定会得到解答。我们会在故事的结尾收获一种舒畅的感觉，觉得有什么东西画上了圆满的句号，而这一感受，也许在我们清晰地意识到之前，我们的潜意识就已经明白了。

现代主义的故事则有所不同。虽然同样建立在表面戏剧冲突和潜意识变化的矛盾之间，但其中的因果关系往往是模糊的。人物发生了变化，但这些变化是如何由戏剧冲突引发的，以及我们该从这些变化中获得什么信息，却不是那么明晰。这些故事留出了许多空间，让读者能够在字里行间加入自己的解读。

卡夫卡的短篇小说《乘客》（The Passenger）便体现了意识与潜意识之间这种难以捉摸的因果变化。故事的主人公是一个男人，正在搭乘有轨电车。他对自己以及自己在世界上的定位并不确定。有那么一会儿，他迷上了一个等待下车的女人抽象的身体细节，包括她双手摆放的位置、鼻子的形状、耳朵在后脑上投下的阴影。他清晰地观察到的这些东西，触发了他潜意识深处的某些东西。他觉得很奇怪，"她居然能不惊异于自己的存在，只是双唇紧闭，不觉得自己有什么值得惊叹之处！"从某种意义上来说，这让人想起了东方故事结构中的"起承转结"，读者会因此开始思考两个层面是如何连接起来最终达到和谐的。

　　弗吉尼亚·伍尔夫的《达洛维夫人》，以更长的篇幅描写了这种意识和潜意识之间的相互作用，故事讲述了小说同名主人公克拉丽莎一天的生活，以及她在准备和主持派对过程中围绕在她身边的各种人物。故事的叙述方式，与第一人称描述中常见的主角对读者的叙述方式不同。相反，我们似乎能够看到她内心的想法，跟随着她的想法在内部世界和外部世界之间跳跃，从现实中的事件到内心的思维和回忆，再到突然产生的洞见，将这一切结合在一起，我们看到了她引人注目又真实可信的自我。

　　克努特·汉姆生（Knut Hamsun）所创作的《饥饿》（Hunger）一书，以类似的风格叙述了无名主人公的挣扎，记录了作为作家的他如何在食不果腹的同时遭受着精神和肉体的双重折磨。这本出版于 1890 年的小说，是对人类认知进行的一次具有惊人先见的探索。主人公沮丧地说，自己"什么也不是，只是无形之力的角逐场"，被无情抛在因果的两个层面之间。在看到一个漂亮的女人时，他发现自己"被一种奇怪的欲望所操控"，想要吓唬她，在她背后做"愚蠢的鬼脸，无论怎么告诫自己这是在犯傻，都无济于事"。

　　一天早上，不知出于什么原因，街上的嘈杂声让他情绪高涨起来。"我感觉自己像巨人一样强壮，可以用双肩把马车挡下来……我开始哼唱起来，没有什么特别的原因，纯粹是为了高兴。"绝望潦倒时，他想把一条破毯子当掉，被当铺老板赶走后，他感到无地自容。书中写到在主人公把破毯子带回家后，"我表现得就像什么都没发生似的，又一次在床上把毯子铺开，像往常一样抚平褶皱，试图抹去上一次我在上面留下的每一丝痕迹。决定尝试这个卑劣的伎俩时，我的头脑不可能处于清醒状态。我越想越觉得这么做很疯狂。一定是内心深处的能量供给不足，让我陷入了神经错乱。"

经过了几代人的努力，科学家才发现了其中的原理，原来汉姆生很早便揭露了我们有很多面，并且喜欢编故事，我们小心翼翼地行事，尽力避免失去理智，所有人都有如一片角力场，我们自身潜意识的无形之力在其中斗争。

## 矛盾的角色　欲望与需求的永恒矛盾

人物以为自己所需要的东西，可能潜意识里却完全不需要，这种情况还挺常见的。故事理论家罗伯特·麦基（Robert McKee）认为："最令人难忘和迷人的角色，往往不仅仅拥有显意识的欲望，也拥有潜意识的欲望。虽然这些复杂的主角意识不到自己的潜意识需求，但观众却能够以内在冲突的形式感受到他们的自我。对于拥有多种自我的角色而言，显意识和潜意识的欲望是相互矛盾的。他认为自己想要的东西，恰恰和他真正需要的东西完全相反。"

艾伦·鲍尔（Alan Ball）凭借《美国丽人》（*American Beauty*）斩获了奥斯卡最佳原创剧本奖，这部电影着重刻画了四十二岁的莱斯特·伯纳姆这样一个角色，他饱受老板、女儿尤其是他那傲慢而不忠的妻子的欺凌。痛苦绝望而走投无路的他深陷中年危机，认为幸福的秘诀在于重新回到年轻时那种无忧无虑的状态。他买了一辆跑车，开始在车库里健身，在一家汽车餐厅找了份工作，抽起了大麻，与老板和妻子针锋相对。表面上，故事的大部分情节，围绕莱斯特挖空心思想与好友的女儿安吉拉——一个世故老练、阅历丰富的女孩上床而展开，这实在是一种黑色幽默。

等到莱斯特终于如愿以偿的时候，我们却发现他表层而肤浅的显意识欲望与深层潜意识需求之间存在着巨大的矛盾。半裸着躺在他身下的安吉拉承认，她并不像看起来那么有经验："这是我的第一次。"

"这怎么可能！"莱斯特说。他崩溃了，不愿再继续下去。安吉拉不知所措。莱斯特用毯子把她裹起来，让她在自己的怀里哭泣。最终，他还是做了一个有责任心的成年人该做的事。

虽然莱斯特表面上想要重拾青春，但他真正需要的，却是成长和真正变得强大起来。在那个震撼人心而发人深省的时刻，当更好的自我从他的潜意识中冒出来时，我们意识到，那个关键问题的答案突然朝着相反的方向扭转。

除此之外，这部电影还带给我们另一种震撼，它不仅展示了我们所认识的莱斯特身上发生的转变，也让我们用新的视角去看待安吉拉。在所有伟大的故事中，每个主角都会因为与其他人的相遇而发生改变。彼此碰撞之后，他们朝着相反的方向去发展，又以全新的面貌再次彼此碰撞，然后再次飞旋而出，之后又再次相遇。这个过程贯穿整个故事，演绎出了一场不断变化、优雅动人的美丽舞蹈。

# 多变的对白　在显意识和潜意识 两个层面上推进故事

　　故事中的时间经过了压缩。一个人的一生，可以用短短九十分钟来描述，仍让人感到完整。这种时间上的压缩便是对话引人入胜的秘诀。人物所说的台词应该既真实又充满冲击力，从而成为构建其精神世界的丰富数据来源。读者和观众高度社会化的大脑会迅速为虚构人物的思维模式建模，因此，对话中应该充满深刻的事实，这样大脑才能够深刻理解这些对话。

　　电影史上一些著名对白之所以富有感染力，就是因为其中充斥着大量叙事信息，仿佛寥寥几个字就讲述了整个故事：

　　　　　　　　　　我热爱在清晨闻到汽油弹的气味。
《现代启示录》，导演：弗朗西斯·福特·科波拉（Francis Ford Coppola），编剧：约翰·米
　　　　利厄斯（John Milius），旁白：迈克尔·赫尔（Michael Herr）

　　　　　　　　　　真希望我知道怎么把你戒掉。
《断背山》，编剧：拉里·麦克穆特瑞（Larry McMurtry）、黛安娜·奥撒纳（Diana
　　　　　　　　　Ossana）、安妮·普鲁（Annie Proulx）

　　　　　　　　我已经完全失去理智，再也忍无可忍了。
　　　　《电视台风云》，编剧：帕迪·查耶夫斯基（Paddy Chayefsky）

　　　　魔鬼耍过的最厉害的把戏，就是让世界相信他并不存在。
　　　　《非常嫌疑犯》，编剧：克里斯托弗·麦奎里（Christopher McQuarrie）

　　　　我只是个女孩，站在一个男孩面前，请求他爱她。

　　　《诺丁山》，编剧：理查德·柯蒂斯（Richard Curtis）

　　　　　　　这些音响的音量能开到十一。[1]

　《摇滚万万岁》，编剧：罗伯·莱纳（Rob Reiner）、克里斯托弗·格斯特（Christopher
Guest）、迈克尔·麦基恩（Michael McKean）、哈里·希勒（Harry Shearer）

　　　　我现在也是大明星！只是现在的电影配不上我了。[2]

　《日落大道》，导演：比利·怀尔德（Billy Wilder），编剧：查尔斯·布拉克特（Charles
Brackett）、小 D. M. 马什曼（D. M. Marshman Jr）

　　　　　　　你需要一艘更大的船。[3]

　　　《大白鲨》，编剧：彼得·本奇利（Peter Benchley）


　　对话的艺术中融汇着所有讲故事的原则。对话应是多变的，应该体现对某些东西的渴望，充分体现出个性和视角，在显意识和潜意识两个层面上推进故事。对话可以提供给我们为了解人物所需的一切信息：人物的身份，渴望的东西，来处和目的地，社会背景，个性，价值观，自我定位，真实自我与外在自我之间的矛盾，与其他角色的关系以及有助于故事向前发展的内心煎熬。

---

① 这是电影中的首席吉他手奈杰尔·图弗内尔的台词，原意是指，一般的音响音量最大能调到十，但他的音响能调到十一。这句话后来在英美国家发展成一句流行语，指最大限度地利用某事。——译者注

② 在电影中，主角乔·吉利斯进入一座荒凉豪宅，遇到了被遗忘已久的默片时代电影明星诺玛·德斯蒙德，并告诉诺玛他认得她的脸，说她曾经是个大明星，但诺玛纠正了他，说她仍然是大明星，只是当今的电影配不上她的伟大罢了。——译者注

③ 电影史上的经典台词之一，是布罗迪警长在大白鲨出现后不久说的。——译者注

来看一看罗布·布莱登（Rob Brydon）和雨果·布利克（Hugo Blick）共同创作的电视剧《马里昂和杰夫》（*Marion and Geoff*）的开场独白。在短短八十三秒的时间里，我们对出租车司机基斯·巴雷特有了多少了解？

**基斯**（往汽车座椅上一坐）：早上好，早上好！新的一天，多多赚钱。（对着无线对讲机）请把第一个乘客的信息给我好吗？（对讲机里只有白噪声，他耸了耸肩）那我就开车转转好了。有的时候，生意就是这样，必须得慢慢起步，才能渐入佳境。

（镜头切至基斯开车画面）**基斯**：放置这些减速带是个好主意，但我得说，这东西可真是招人烦。我是说，我跟这些东西没什么过不去的。我绝不会这么说。如果这些东西只能救一条命……那性价比可能不算高。

（镜头切换）**基斯**：孩子们并不把杰夫当成自己的父亲，他们就不这么认为。他们把他当成叔叔看待，一个特别的叔叔，一个新的叔叔。我喜欢他。如果你喜欢一个人，那你就是喜欢，说不清道不明。我是说，我真的对他说过："我不觉得我失去了一个妻子，我反而觉得自己收获了一个朋友。"如果马里昂没有离开我，我永远不会遇到杰夫，根本不可能。我们生活在不同的世界里。他在制药业，我在汽车业。我连身体都坐在车里呢。我不是故意逗你的，先生。我可没有恶意。

同样，在阿瑟·米勒（Arthur Miller）的《推销员之死》中，从上了年纪的推销员威利·洛曼和妻子琳达的简短对话中，我们能了解到什么信息呢？

**威利**：要是老瓦格纳还活着，现在纽约就是我的天下了！他是个人物，是位大师。但他那不争气的儿子霍华德却不懂得欣赏。我第一次到北部的时候，瓦格纳的公司还不知道新英格兰在哪儿呢！

**琳达**：亲爱的，你为什么不把这些事告诉霍华德？

**威利**（备受鼓舞）：我会的，一定会的。还有奶酪吗？

# 正义战胜邪恶　人类与生俱来的<br>　　　　　　利他主义与道德义愤

在自己的人生故事中前行时，我们会遇到难以驾驭、不可预测又不中用的自我这个对手，与此同时，我们也在努力控制深深根植于体内的强大欲望。这些欲望，都是人类进化的产物。要想揭露这些欲望，意味着我们要回到数万年前，也就是人类成为会讲故事的动物的时代。这段旅程所带来的回报，便是让我们能够挖掘出故事的虽年代久远但意义非凡的经验，尤其是戏剧关键问题的起源及目的。

电影和小说扣人心弦、出人意料、撕心裂肺、惊心动魄、毛骨悚然、令人满足、让人欲罢不能，原因大多要追溯到其古老的根源。在故事的影响下，我们所感受的情绪并非偶然。通过进化，人类会对善恶故事做出特有的反应，因为这对我们的生存至关重要。在狩猎采集的部落环境下，表现出这一点对于人类尤为有用。

在地球上生活的超过 95% 的时间里，我们都是以部落的形式存在的，时至今日仍存在于我们体内的大部分神经结构，都是在部落生活时代就已经进化出来的。在充斥着信息和高科技的高速发展的 21 世纪，我们的大脑仍然生活在石器时代。文化虽然影响力强大，却无法消除或改变这些根深蒂固的原始力量，顶多只能起到调节作用。无论我们来自哪里，更新世①之风都会在潜意识中产生影响，几乎涵盖大到道德准则小到家具摆放方式在内的现代生活的方方面面。一项研究发现，人们更喜欢睡在尽量远离卧室门且视野清晰的地方，仿佛我们仍然生活在洞穴中，需要警惕夜间捕食性动物。我们的身体仍然会产生先祖们徜徉在非洲稀树草原时拥有的条件反射：当有人悄悄逼近、让我们措手不及时，我们的身体便会做出被捕食动物袭击时的反应。世界各地的人们都喜欢开阔的空间和草坪，偏爱那些形状、高度和树冠与我们进化过程中看到的树木相似的树。人类石器时代的价值观，在故事中同样显而易见。

许多心理学家认为，最初，人类语言是为了讲述自己的故事而进化形成的，这也证明了讲故事的大脑的威力。这种理论虽然听起来有点匪夷所思，但也能自圆其说。人类部落规模很大，最多能达到一百五十名成员，他们占据了大面积的土地，平日生活在由五到十个家庭组成的集群之中。为了维持正常运作，部落成员之间必须维持合作，他们分享、互助、协作，把他人的需求放在自己之前。但这样的方式仍存在一个问题：人类是自私的人。尽管在这一点上有着显而易见的重大缺陷，古代部落成员仍然实现了卓有成效的合作。他们不仅成功地生存了数万年，其中一些甚至存续到

---

① 地质时代中新生代第四纪早期。人类在这一时期出现。——译者注

了现在，在平等这一点上他们做得要比现代人类好得多。他们是怎么做到这一点的？在没有警察机关、司法机构甚至成文法律的帮助下，他们是如何有效控制彼此的利己行为的？

他们使用的方法，就是历史最悠久且最具煽动性的讲故事的方式——说闲话。他们关注所有人的动向，密切注意他们的行为。如果闲话说某个人非常无私，认为集体利益高于个人利益，听者便会感受到一股积极的情绪，并且想赞扬这个人。而闲话说某人如何自私时，听者则会感到义愤填膺，渴望行动起来，通过羞辱、嘲笑、攻击或流放来对这个人加以惩戒，而在那个时代被赶出部落，无异于被判了死刑。

就这样，故事将各部落团结在一起，使之成为一个正常运作、彼此协作的单位。故事对我们的生存至关重要。时至今日，我们的大脑仍然以同样的方式运作。我们享受精彩的书籍或扣人心弦的电影，因为这些内容激活并调动了我们那种源自古老社会的情感。当一个人物表现出无私行为时，我们会感受到一种强烈的渴望，希望这个人被群体视为英雄并受到赞颂。而当某个人物表现得自私自利时，我们则会萌生一种希望看到对方遭到惩罚的强烈愿望。心理学家布赖恩·博伊德（Brian Boyd）教授表示："故事的诞生是因为我们希望能够把控所处的社会。"这些故事产生效果的方法，就是"用社会信息牢牢吸引我们的注意力"，无论是八卦消息、剧本还是书籍，这些信息通常都是"我们实施监控的这种本能行为的增强版本"。

与古老社会一样，时至今日，因为故事而产生的社会情感仍然激励着我们采取行动。我们无法跳入电影屏幕，亲手把恶人掐死，因此，采取行动的冲动迫使我们不断翻页或紧盯屏幕，直到心中源自原始部落的那种欲望得到满足为止。

无私与自私的斗争，在故事里便体现为英雄与恶棍的斗争。我们自然而然地认为，无私的行为是正义的，而自私的行为是邪恶的。无私被认为是人类所应具备的基本美德。研究人员进行了一项人种学分析，研究了全球六十个群体的道德伦理，发现这些群体都推崇这些美德：知恩图报、勇敢无畏、乐于助人、尊重权威、重视家庭、不偷不抢和崇尚公平。所有这些，换句话说就是不要把个人利益置于集体利益之上。

即便还不会说话的婴儿，也会对无私的行为表示赞许。研究人员向六到十个月大的婴儿展示了一场情节简单的木偶表演，故事讲的是善良的正方形无私帮助球形上山，而邪恶的三角形则试图把球形推下山去。当研究人员让孩子们选择一个图形玩时，几乎所有的孩子都选择了无私的正方形。心理学家保罗·布卢姆（Paul Bloom）[①] 教授认为："这些都是婴儿发自内心所作出的社会判断。"

故事中有很多地方体现出无私—自私的这种道德坐标轴。故事理论家也在神话和小说中发现了这些模式。根据神话学家约瑟夫·坎贝尔的描述，英雄的终极考验，就是无私地把自己奉献给某种伟大的使命，当我们不再将自我和自保作为首要考虑对象时，我们便真正完成了一次英雄式的意识

---

[①] 认知心理学家和发展心理学家，耶鲁大学公开课最受欢迎的教授之一，他的《摆脱共情》已经由湛庐引进并策划，由浙江人民出版社出版。——编者注

转变。而故事理论家克里斯托弗·布克（Christopher Booker）则认为，故事中的黑暗力量代表着小我的威力，而且这小我非常强大，一心只考虑以世界上所有其他人的牺牲为代价，追求自己的利益。

这些情绪反应以神经网的形式存在，一旦在环境中发现任何不公的现象，这种情绪反应便会被触发。如此一来，故事讲述者就能够通过各种方式，随时挑起这些情绪。具体来说，并不一定要遵循无私英雄对抗自私恶棍的原型模式。在《愤怒的葡萄》的开篇，让我们感到愤怒的不是某个人，而是迫使勤奋而高尚的乔德一家踏上险途的可怕干旱。这种遭遇降临在他们身上，是非常不公平的。他们克服万难，朝加州进发，我们则会为他们加油呐喊，希望他们平安到达，认为这样的公道是天经地义的。

在《达洛维夫人》中，弗吉尼亚·伍尔夫巧妙地利用了这种本能。在克拉丽莎思考爱这个命题时，她想起了老友萨利·塞顿，她坐在地上，双手抱膝，抽着烟，问自己："难道，这不就是爱吗？"读到这里，我们感到自己的社会情绪受到了冲击，这种情况和我们无法控制的想要了解他人的心理有关，因为我们对克拉丽莎·达洛维有了一个非常有趣的新发现。当我们看到克拉丽莎认为她们两人很久以前的那个吻是她一生中最美妙的时刻，整个世界仿佛都要天崩地裂时，我们因这种爱无法明显表达出来而感到隐隐的愤怒，这不公平！阅读故事的我们顿时来了精神。我们的心被牵动了。

相比之下，拉斯·冯·提尔（Lars von Trier）执导的电影《黑暗中的舞者》（Dancer in the Dark）则不那么隐晦，它对这些源自部落时代的本能进行了无情的抨击。电影讲述的，是贫穷的捷克移民塞尔玛·杰茨科瓦的故事，她与小儿子一起，住在一个警察家的院子尽头的临时住所里。塞尔玛的眼睛状况越来越差，正在慢慢失去视力。她知道儿子基恩也有同样的遗传疾病，如果十三岁之前不做手术，他也会面临失去视力的命运。为了支付手术费，塞尔玛竭尽所能省下冒着生命危险在金属加工厂工作赚来的工资。她顶着压力，对自己视力衰退的秘密守口如瓶。她的眼疾越来越严重，导致她弄坏了一台机器，因此遭到解雇。幸好，她已经差不多凑够了支付基恩手术费的钱。她一直把秘密说给自己做警察的房东听，但这个房东后来却偷走了她的财产。

在我观看《黑暗中的舞者》时，电影中自私与无私真实而震撼的表述，激发起我心中强烈的原始情感，让我不禁想要踏入屏幕，挥起大棒把这个警察打死。而我如此渴望对他施予惩戒，绝非偶然。讲故事的大脑天生会为那种宜人性高的行为寻找理由，同样地，我们也生来就喜欢看反社会的人遭受集体惩罚。这些较为阴暗的本能在孩子身上也很明显。在另一位心理学家创作的木偶剧中，主角是一个努力试图打开盒子的邪恶木偶盗贼。第二个木偶试图帮助这个恶棍，而作为主持正义、惩戒恶人的第三个木偶则跳上盒盖，"砰"的一声关上了盒子。即便是仅仅八个月大的婴儿，也更喜欢拿起惩戒者木偶玩。大脑扫描显示，仅仅是想象一下自私的人遭受惩罚，人们就会产生愉悦感。

这种源于部落时代对恶人的"利他主义惩罚"，是所谓的"高成本信号理论"①的一种形式。之所以叫作"高成本"，是因为这种信息难以实现，也

---

① 这种理论认为，包括人类在内的动物可能会通过高成本的行为表现、利他主义或难以达成的其他行为发出信号，表示其具有理想的个人特征或丰富的资源。——译者注

很难伪装；之所以说这是一种"信号"，是因为其目的在于影响部落其他
成员对自己的看法。"故事中的英雄，都是那些为捍卫无辜者而付出代价的
人以及惩罚违反了利他主义原则之辈的人。"英国文学教授威廉·弗莱施
（William Flesch）表示："利他主义的惩戒需要付出高昂的代价，愿意承担
这些代价的行为具有英雄主义色彩，因此，这种代价常常是英雄故事的共
同特征。"在原型故事中，英雄是无私地承受着高昂代价的信号传递者。独
自面对巨大风险，他们仍迎难而上，杀死恶龙，炸毁死星[1]，从纳粹手中救
出犹太人。他们满足了我们的道德义愤，而道德义愤正是人类故事中源远
流长的生命力所在。

在人类那些最为成功的故事中，道德义愤在一开始就被触发。对于爱
讲故事的大脑来说，目睹一位无私人物惨遭自私之举的虐待，就好像被打
了一剂迷幻药。我们会不由自主地去关心，几乎无法控制住自己不去这样
做。大多数人借助八卦闲话来支持无私，反对自私。研究表明，八卦闲话
可谓比比皆是，人类的谈话中大约三分之二都涉及社会话题，其中大多数
与违反道德有关，比如有些人打破了集体规则。[2]

因此，我们还可以看出，人类的电影、小说、新闻和戏剧的根本驱动
力，便是戏剧中的关键问题。不管我们所关注的主人公是阿拉伯的劳伦
斯，还是在校门口闲聊时谈到的某位没素质的父亲，归根结底，我们想挖
掘的都是这个问题的答案：他是什么样的人？在追溯人类进化史的漫长旅

---

[1]《星际大战》系列电影中的太空要塞。——译者注
[2] 类似传播八卦的行为甚至在三岁的孩子身上也有所体现：学龄前儿童会通过讲述亲社会
　　的八卦来影响他人的声誉。

途的终点，有一个出乎意料的结果等待着我们，原来，所有的故事都是八卦闲聊。

## 权力游戏　超越他人与<br>　　　　　占领优势的欲望

道德义愤并不是唯一影响故事趣味性的原始社会情感。进化心理学家认为，我们拥有两种与生俱来的欲望。一方面，我们希望与他人和谐相处，让对方喜欢我们，认为我们是部落中无私的一员；另一方面，我们也想要超越他人，占领优势。人类拥有与他人产生联系和占据主导权两种欲望。当然，这些驱动因素往往是不兼容的。与他人和睦相处，同时还要赶超在他人之前，这听起来像极了集不忠、虚伪、背叛和马基雅维利式权术操控于一体的行为方。然而，人类境况以及关于人类境况的故事的核心冲突就在于此。

领先意味着获得地位上的优势，这是人类普遍渴望拥有的。心理学家布赖恩·博伊德教授表示："人类生来便会如饥似渴地追求地位，我们都会乐此不疲甚至无意识地努力给同伴留下深刻的印象，从而提高自己的地位，也会乐此不疲甚至无意识地根据他人的地位评价对方。"这是我们的一种需求。研究人员发现，人们主观的幸福感、自尊以及身心健康似乎都取决于他人评价的高低。人们会参与各种目标导向的活动，以求掌控自己的地位。换句话说，在那些最为高尚的故事情节与我们的生活追求之下，隐藏着我们对地位不可抑制的渴望。

人类总是对自己和他人的地位兴味盎然，几乎到了痴迷的程度。针对现代社会中狩猎采集部落中的闲话的研究发现，就像大都市中流传的在国家报纸上刊登的故事一样，这些部落也主要在谈论上层人物违反道德的轶事。事实上，人类对于这个主题的关注，可以一直追溯到动物时期。就连蟋蟀也会记录它们与其他蟋蟀之间比拼的输赢结果。研究鸟类交流的研究人员揭露了一个惊人的事实：渡鸦不仅爱听邻近鸟群的闲话，而且当这些闲话讲的是关于另一只鸟逆袭的故事时，它们会给予尤为密切的关注。

如果许多动物也同样痴迷于地位，那么我们对地位的兴趣之所以特殊，是因为人类的等级制度并非停滞不前，而是不断变化的。在这一点上，我们与跟我们有近亲关系的黑猩猩和倭黑猩猩颇有共通之处。从这种近亲关系中推断，我们与它们共有的习性，或许都能追溯到五百万到七百万年前的共同祖先。黑猩猩雄性首领的最高寿命是四到五岁。地位关乎生存，对黑猩猩和人类来说，地位带来的好处包括更优质的食物、更多的交配机会和更安全的栖身地，再加上每个个体的地位都处于不断变化之中，因此地位几乎成了人类和猩猩无时无刻不为之痴迷的对象。这种地位的变化也正是人类戏剧的核心：它能够创造一段持续不断的故事，关乎忠诚与背叛、野心与失败、情场的得意与失意、阴谋与诡计，以及威胁、暗杀和战争。

与人类一样，黑猩猩的政治也讲究合纵连横。与其他很多动物不同，黑猩猩不仅通过争斗和撕咬向上爬，还懂得拉帮结派。爬到顶峰的黑猩猩需要动用灵活的政治手段。如果它们欺压那些地位较低的黑猩猩，则会有引发叛乱和革命的危险。灵长类动物学家弗朗斯·德瓦尔（Frans de Waal）教授表示："黑猩猩倾向于为弱者打抱不平，这造成了一种带有不稳定性的等级制度，在这种制度中，顶层权力结构比任何猴群都要动荡。"

影响人类生活和叙事的，也正是这动荡的权力游戏。故事理论家克里斯托弗·布克曾描述过一种原型叙事模式，在这种模式中，地位低下的底层人物密谋推翻高层的腐败统治势力。他认为："关键在于，如果没有底层发起某些关键活动，上层阶级的混乱就无法得到修正。生活从底层得到重建，然后重新波及上层阶级。"在人类世界中想要爬到高层所需具备的特征，和爬至统治地位的黑猩猩所必备的特征一致。布克写道，在原型故事的幸福结局中，"男女主人公必须代表着四种价值观的完美结合：力量、秩序、感情和理解"。黑猩猩雄性领袖也必须同样具备这些特征，他们的领袖地位，取决于在直接统治和保护较低地位成员的意愿（或至少装装样子）之间找到一个平衡点。

但如果主角在故事的最后拥有了这四种英雄所需要具备的特质，并最终成了部落领袖，他们就会表现得和一开始完全不一样。我们刚看到的主角往往处于等级的底层，不堪一击，没有干劲，在歌利亚的阴影下瑟瑟发抖。但就如我们的近亲黑猩猩一样，我们对这些弱势群体的同情是与生俱来的。塑造英雄的认知似乎存在着一个共同点，那就是我们中的大多数人都会觉得自己的地位较低，但或许，我们的技能和特质应为我们带来更多回报，然而我们却不知道。我想，我们之所以在故事一开始容易对作为弱者的主角产生认同感，并在他们最终获得应得的回报时振臂欢呼，原因也就在于此。因为，我们就是他们。

　　如果事实真的如此，这便解释了一个匪夷所思的问题，那就是无论我们享受着怎样的特权，每个人似乎都觉得自己在地位上受到了不公的待遇。无论我们的实际身份是高是低，在自认为是主角的大脑看来，我们永远都是那个可怜的雾都孤儿奥利弗·崔斯特：品德高尚，饥肠辘辘，被不公地剥夺了地位，只得厚着脸皮地伸出碗乞讨，"求您了先生，请再多给我一些吧"[1]。

　　顾影自怜的我们，把自己当成了奥利弗·崔斯特，本能地对身边那些残忍无情而地位高于我们的班布尔先生心生鄙夷。这种人虽然不像狄更斯笔下那个傲慢的济贫院负责人，本来应该不会激起我们的愤怒，但我们还是自然而然对他们提不起好感。当大脑注意到另一个人的财富、声望、美貌和资历时，与疼痛感知有关的区域就会被激活，而读到他人遭遇不幸的消息时，我们的大脑奖励系统便会产生一种快感。

　　深圳大学的研究人员也发现了类似的结果。他们召集了二十二名参与者进行一个简单的电脑游戏，然后错误地告知他们属于"二星玩家"。接下来，参与者在大脑扫描仪中看到了一些照片，上面是"一星"和"三星"玩家接受看起来很疼的面部注射时拍下的图像。事后，他们声称对所有被注射者都感到同情。但扫描结果却显示他们说了谎：原来，他们只倾向于对地位较低的"一星"玩家产生同情心。

---

[1] 这是奥利弗在济贫院里想多要一些稀粥时说的话。现已成为《雾都孤儿》中的名句之一。——译者注

这虽然是一项小规模研究，但结果却与其他研究一样。此外，在难以对地位更高的人产生同理心这件事上，我并不认为我们还需要神经科学家给我们证实。我们常会肆无忌惮地嘲讽和贬低政客、名流、首席执行官和皇室成员这样的人，但其实他们与我们一样，也是有血有肉的人。

如道德义愤一样，人类的故事中也渗透着权力的游戏。很难想象哪个富有感染力的故事不依赖某种形式的地位变动来激发我们的原始情绪，抓住我们的注意力，煽动我们的仇恨或赚取我们的同情。一项针对两百多部19和20世纪早期畅销小说的研究发现，其中的反派角色最常见的缺陷，就是像黑猩猩首领一样"以牺牲他人利益为代价或滥用已有权力，寻求社会支配地位。"

在这类故事上，简·奥斯汀堪称大师。当我们遇到"漂亮、聪明、又有钱"的爱玛·伍德豪斯时，我们被一种想看她被拽下高位的欲望驱使，继续阅读下去。而《曼斯菲尔德庄园》一书的主人公，却是地位卑微的范妮·普莱斯，她被贫寒的母亲送到富裕的姨父和姨妈家，与他们一起生活。在她到达前不久，姨妈伯特伦夫人因害怕穷酸的范妮会戏弄她那可怜的哈巴狗而烦恼，而姨父托马斯爵士则给自己打预防针，要为她的粗浅无知、观念狭隘和无法忍受的粗俗举止做好心理准备。

托马斯爵士还担心，范妮会逐渐以为自己和她那些地位高高在上的表姐妹是同一类人。他盘算着，"随着姑娘们一天天长大，我要怎样在她们之间画出适当的界线？如何让我的女儿们始终明白自己身份的同时又不会太过看扁她们的表妹？如何让她牢记自己不是伯特伦家的小姐，但又不太过

打击她的情绪？"他希望自己的女儿不要对范妮颐指气使，"但也不能平等
相待。她们的地位、财富、权利和前途是永远不同的"。如果我们在托马斯
爵士说出这些话之前还没站在范妮一边，那么在听到这些话后，我们便成
了范妮的支持者。我们就是范妮·普莱斯。此时的我们，已是义愤填膺、
怒不可遏。

## 自我毁灭　大脑模型
　　　　　因漏洞而崩溃

　　威廉·莎士比亚的《李尔王》让我们看到，在经历比被驱逐更加可怕
的噩梦时，人类会作何反应。莎士比亚明白，很少有什么事情能比被剥夺
地位更让人感到疯狂、绝望且受到威胁。《李尔王》是一出悲剧，人们常会
使用这种戏剧形式来表示傲慢如何给人带来毁灭，而这傲慢，则可以被视
为一种对于地位的不合理主张。这样的故事被古希腊人一遍又一遍地讲述，
当然，也成了在黑猩猩和人类部落中不断上演的真实故事。这种戏剧性的
地位逆转，或许已经存在了数百万年。

　　《李尔王》是一个典型的例子，在特定的时间，特定的外部变化影响了
特定的角色，从而点燃了仿佛内含爆炸潜力的戏剧事件。故事情节的唯一
作用，就是摧毁主人公最为深刻、拼死捍卫的那些理念。这些理念体现的
是他们对自我的认知。就像查尔斯·凯恩的故事一样，这个故事的爆点以
及之后的因果事件，也是主人公自己错误的神经模型所带来的后果，然而

这后果似乎不可避免。

　　故事的开篇，在号角声中，李尔王宣布将王国一分为三，赠给他的三个女儿，并通过测试她们对他的孝心来分配那些领土。越是崇敬他的女儿，得到的回报就越大。在他自以为的错误现实中，他是无可匹敌、受人爱戴、永远无可争议的国王，统治着周围的一切。李尔王理所应当地接受大脑为他呈现的现实世界。他的神经模型也预测，自己会永远受到人们的尊敬和服从。这个在他看来绝对真实但实则漏洞百出的模型，导致他犯下了大错，他越来越无法掌控。面对他的亲情考验，女儿里甘和戈纳瑞用极其谄媚的誓言表达对他无尽的爱意，他并没有质疑。他怎么可能质疑？两个女儿的行为和他的大脑模型所预测的现实一致。质疑她们，无异于质疑太阳会发光或者鸟儿会歌唱，都很荒谬。

　　但李尔王的三女儿，也就是他最喜欢的科迪莉亚却拒绝阿谀奉承。她表示，自己的爱并不比任何女儿对父亲的爱多或少，这样一来她就站在了父亲那不可违背的大脑模型的对立面。而他，则给出了人们在最神圣的信仰受到挑战时的回应。他选择了反驳。首先，他威胁她说："把你的话收回，否则你就是在破坏自己的命运。"她拒绝服从，于是，李尔王便与她断绝了关系："我发誓从现在起，和你断绝一切父女之情和亲属的关系。"从此之后，科迪莉亚便永远被李尔王从心里当作路人看待。

　　李尔王对他那有缺陷的模型笃信不疑，以至于当新掌权的里甘和戈纳瑞开始密谋攫取他的一切时，他却对发生的事情一无所知。随着神经模型对世界预测的错误越来越明显，他的反应却是拒绝承认，要么表现出类猿猴般的狂怒，要么就是断然拒绝相信。当他发现戈纳瑞和她的丈夫把他的信使用袜子绑住双腿的时候，这种奇耻大辱简直让他难以置信。他目瞪口呆、语无伦次地说："不，不，他们不会干这样的事。我向朱庇特起誓，没有这样的事。他们不能，也不会做这样的事。要是他们有意做出这么严重的暴行，那简直比杀人更不可恕了。"当戈纳瑞的管家没有称他为"陛下"，而是"我们夫人的父亲"时，他怒不可遏地大吼："大胆的狗奴才！你这狗东西！"并对他拳打脚踢起来。

当外部世界的现实最终发展到难以否认时，李尔王的神经模型崩溃，随之崩溃的还有他本人。他的控制理论认为，要想成功地把控环境，他所要做的就是发号施令。这不是一个他在意识到错误时就能够轻松抛之脑后的愚蠢想法，因为这毕竟是他认知体系的基石。这就是他所体验到的真实世界。目之所及，他看到的全都证明这个模型是正确的，对于一切反面信息，他都选择了无视和否认，因为这就是大脑的做事方法。正是通过这种复杂的心理认知，这部戏剧的真实性和张力得以彰显。我们无法简单把存在缺点的想法扔到一边，就像扔一条不合身的裤子一样。要想说服我们相信看到的现实是有缺陷的，就需要让人无法否认的证据。等到我们终于意识到有什么事情不对劲时，这些信念的打破，也意味着打破自己。而这，也是人类诸多最精彩的故事中出现的情节。

李尔王在故事进行到一半时崩溃了，这种感觉，就仿佛整个星球从内部发生爆炸一般。在一场末日风暴中，他朝着天空怒号，仿佛一只浑身是血的黑猩猩，被一群年轻猩猩通过阴谋手段无情废黜。"我站在这儿，只是你们的奴隶，一个可怜的、衰弱的、无力的、遭人鄙视的老头子……不，我不愿哭泣，我虽然有充分的理由哭泣，可是我宁愿让这颗心碎成万片，也不愿流下一滴泪来。"这位腐朽首领最终沦落成了一名乞丐，每个人在族群中的地位都应是靠努力赢得的，而他的错误，就在于忘了这一点。

莎士比亚深谙丧失地位所带来的心理折磨，而最危险的失去地位的方式，便是羞辱。在《裘力斯·凯撒》中，凯歇斯是阴谋的核心人物，想要凭此铲除那位曾是自己朋友的罗马领袖。他的仇恨源于童年时的一件往事。当时，凯歇斯和凯撒打赌看谁能游过台伯河。但在那个狂风暴雨的白昼，凯撒失败了，他只得乞求凯歇斯救他一命。对凯歇斯来说，这一高成本信号让他对世界建立起一种模型，他自认为自己的地位永远高于凯撒。但是现在，两人都已长大成人，那个绝望无助而浑身浸湿的男孩成了一尊天神，而凯歇斯却是一个倒霉的家伙，要是凯撒偶然向他点一点头，他也必须俯下他的身子。这种不公的地位低下的感觉让凯歇斯感到暴怒，导致他想要置对方于死地。

心理学家将羞辱定义为对于获取地位的能力的剥夺。严重的羞辱被认为是"自我毁灭"，被视为一种剧毒心态，表现为人类一些最恶劣的行为，从连环谋杀、荣誉谋杀①到种族灭绝。在故事中，被羞辱的经历往往是反派人物邪恶行为的根源，无论是凶残的凯歇斯，还是《消失的爱人》中处心积虑的艾米·邓恩。在艾米看来，"我几乎听得到那在街头巷尾流传的故事，每个人都津津乐道的故事"，诉说"小魔女艾米"如何被贬低成了人们眼中

① 指男性为家庭荣誉，杀害被他们视为与其他男子发生不正当关系、使家庭蒙辱的女性家庭成员。——译者注

"可怜愚蠢的婊子，整个人格都由善良无害的平庸编织而成的妇女"。

由于羞辱是犹如末日般的严惩，因此，看着坏人受到如此惩罚，我们会感到狂喜。鉴于我们是一群拥有部落思维方式的社会成员，只有遭受能被部落中的其他成员意识到的耻辱，对我们来说才算真正的耻辱。正如威廉·弗莱施教授所写的那样："我们或许会憎恨恶棍，但我们自己的仇恨毫无意义。我们想让恶棍在其所处的世界里原形毕露。"

## 归属感　故事是部落的
##      　　宣传工具

在公元前 587 年的巴比伦，四千名地位显赫的男男女女被尼布甲尼撒二世赶出耶路撒冷。这些犹太人长途跋涉，历经艰险，终于在古城尼普尔找到了安身之所。但他们从未忘记深爱的家乡。流亡的犹太人决心保持民族的习俗，包括道德法律、礼仪、语言以及生存、饮食和生活方式。为了做到这一点，他们必须保存自己的故事。

由于这些故事大多只靠口头流传，犹太人便开始把它们抄写记录在一系列卷轴上。在记录的过程中，一件神奇的事情发生了，原本杂乱无章的古代神话和寓言彼此建立起联系来。抄写故事的人把神话和语言串成了一个具有因果关系的完整故事。这则故事的开篇，便是创世纪和人类祖先亚当夏娃的出现，并继续发展至人类对耶路撒冷的占领。

　　这个故事对这支流亡部落产生了惊人的激励作用。就像所有的部落故事一样，这个故事也促使这支部落成为一个互助合作的团体。这个故事列举了鼓励以及禁止的行为，这样一来内部成员就能将自己与外部群体的成员区分开来，在自己与他人之间构建了一个心理边界。这份行为清单还可以作为一份核查表，供成员们彼此互相监督，保持部落的正常运转。但这份清单的作用远不止于此。因为这个故事，部落成员们产生了一种自己是主角的感觉，在故事中，他们是上帝的选民，耶路撒冷是他们合法的家园。因为这个故事，流亡者的心中溢满了意义感、正义感和宿命感。

　　在被流放 71 年后，犹太人终于有机会回到他们祖先的故土。在一位名叫以斯拉的抄写员的带领下，他们开启了这段史诗般的旅程，回到了他们只在故事中听说过的光荣之城。而最终抵达时，看到的景象却和他们想象的完全不同。他们地位低下的祖先逃脱了流放的命运，这些人的后裔粗俗懒散，与其他部落通婚，不遵守关于贞操、食物、礼拜或安息日的部落规则。耶路撒冷成了一个满目疮痍的烂摊子。

　　对以斯拉来说，部落的衰败是一场巨大的灾难。他来到民众心中部落之神雅威 ① 所在的圣殿，瘫倒在地，哭诉自己的绝望、愤怒和遭遇的背叛。人群逐渐聚集起来。以斯拉斥责他们，说他们严重触犯了雅威。对方没有否认。但是，该如何应对这局面呢？以斯拉意识到必须想个办法让自己的人民团结起来，要将曾让巴比伦流放者团结一心的部落能量注入他们的体

① "雅威"是《圣经》中犹太教及基督教对最高主宰或上帝的称呼，其另一种发音"耶和华"，在以色列王国与犹太王国时期出现。——译者注

内。要想达到这个目标，方法只有一种，那就是让部落起源故事发挥它神
奇的威力。

以斯拉在一个公共场所搭建了一座木制舞台，并宣称有重大的事情即
将发生。听到这个消息，人群渐渐聚了起来。十二名助手在两侧排开，以
斯拉用一种十分夸张的方式展示了记载部落宏大故事的卷轴。英国教授马
丁·普赫纳（Martin Puchner）写道："人们立即俯地叩拜，就像在神庙里对
他们的神或神的使者施礼一样。"一些新的事情正在发生，世界将永远改变。
这些卷轴和其中所包含的故事本身，都被视为神圣的化身。就这样，宗教
诞生了。马丁教授写道："以斯拉的卷轴，创造了我们所知的犹太教。"

人类部落因为故事而团结在一起，已有数万年的历史了。在过去的狩
猎采集时代，人类的大部分故事都是在星空下的篝火旁讲述的。关于狩猎
和部落丰功伟绩的故事中也充满了暴行和地位之争，这些故事被一遍遍地
传颂，变得越发魔幻离奇，最终以神话的形式呈现。而这些故事所讲述的，
就是英雄行为的种种特征。一些人物的行为得到部落认可，因此受到赞扬，
获得地位。邪恶懦弱的行为则会引发道德义愤，人们迫切希望看到违规者
受罚，他们的这一愿望会在大团圆结局中得以实现。通过这种方式，故事
传递了部落的价值观，明确告知听众要想在这个特定群体中融洽相处乃至
出人头地所需要遵循的规则。从某种意义而言，正是这些故事塑造了部落，
与任何存在缺点的人类相比，故事通过更为纯粹而清晰的方式，象征了部
落所代表的一切。

故事是部落的宣传工具。故事凝聚着族群，使得成员去按有利于族群

的方式做事，这种方法的确有效。最近的一项针对十八个狩猎采集部落的研究发现，在这些部落的故事中，几乎八成都包含了与他人打交道时应该如何行事的经验和教训。故事讲述者所占比例较高的部落，也会表现出较高程度的宜人性行为。

不断获取更高的地位是深植于人们内心的最强大的欲望之一，因此，我们的部落故事讲的就是关于如何赢得地位的秘诀。人类部落可以被视为一个所有成员参与的权力游戏，游戏的规则被记录在故事之中。每个拥有共同目标的人群都被这样的故事联系在一起。国家会讲述关于自己的故事，并将其价值观融入其中，公司、宗教、组织、政治团体也是如此。

有记载以来，人类最古老的故事，就传达了这样的规则。《吉尔伽美什史诗》比以斯拉的故事早了一千多年，《妥拉》中席卷世界的洪水就出自这个故事中的一段，其中还讲述了一位与莎士比亚笔下的李尔王一样忘记了地位该靠自己赢得的国王。在《吉尔伽美什史诗》的第一部分，众神派挑战者恩奇都去制服这位国王。吉尔伽美什王和恩奇都成了朋友。他们一起英勇对抗森林怪兽洪巴巴，用非凡的力量杀死了怪兽，然后带着珍贵的木材胜利归来，继续建造吉尔伽美什的伟大城市。在史诗的结尾，恩奇都去世，吉尔伽美什国王以十分谦逊的姿态接受了自己只是一个凡人的命运，而这使得我们更加尊重这位国王，赋予了他更高的地位。

对于部落而言，这部有四千年历史的史诗与《管闲事先生》（*Mr. Nosey*）起着同样的作用。在这本罗杰·哈格雷夫斯（Roger Hargeaves）创作的儿童读物中，主人公那有缺点的神经模型告诉他，只有通过插手别人的家事，他才能获得安全。镇民们密谋对付他，先是在他四处乱伸的鼻子上涂上油漆，然后又用锤子暴打他。最后，管闲事先生终于变得谦卑起来，很快就与德尔镇的所有人成了朋友。摆脱了反社会习惯的管闲事先生，收获了和谐的人际关系和地位的提升。

在任何一个时间点，每个人都在不知不觉中同时被各种教育故事所操控。人类拥有一种特质，那就是我们进化出了通过想象而使自己同时从属于多个"部落"的能力。列纳德·蒙洛迪诺教授认为："我们每个人同时属于多个内部群体，因此，我们的自我认知会随着情境的转移而转变。在不同的时间段，同一个人可能会将自己视为女性、高管、迪士尼员工、巴西人或母亲，这取决于哪种身份与当下情景密切相关，或者哪种身份让她在当下感觉良好。"

这些群体以及关于群体的行为方式、如何积累人脉和获取地位的故事，构成了我们内在的一部分。大约从自认为是世界中心的青春期开始，我们划定了决定加入的同类群体。我们会寻找那些与我们心智模式一致的人，我们志同道合，以我们认可的方式感知世界。到了青春期后期，许多人会开始选择或左或右的政治意识形态，这种意识形态有如一部关于"部落"的主题故事，笼罩在由感情、本能和半信半疑组成的无意识领域之上，并为其赋予意义。在某个瞬间，这个主题故事让我们突然醍醐灌顶，赋予我们使命感、正义感和慰藉感。这时，我们会感觉自己仿佛真的触及了事实的真相，双眼倏然张开。而事实却恰恰相反。其实，部落故事蒙蔽了我们的双眼，至多只能让我们看到一半的真相。

心理学家乔纳森·海特教授进行了一项调查，探索了持有相反意识形态的群体眼里的世界是什么样的。拿资本主义来说，对于持左派政治思想的人来说，资本主义是一种剥削。工业革命为邪恶的资本家提供了技术，供他们对工人进行剥削和虐待，把工人当作工厂和矿山中愚蠢的机器零件，并将所有的利润揣进自己的口袋。工人们进行反击，成立了工会，并选出更加开明的政治家当权。而后，在20世纪80年代，资本家再度崛起，意味着社会不公会不断加剧和环境会不断恶化。而对于右派来说，资本主义则意味着解放。资本主义将被剥削和虐待的工人从君主和暴君的剥削中解放出来，赋予他们产权、法治和自由市场，激励他们工作和创造。然而，这种伟大的自由却不断受到左翼分子的攻击，对于生产力最高的个人可以通过努力工作得到适当回报的理念，左派们恨之入骨，他们希望人人平等，成为平等的穷人。

这些故事中暗藏的问题在于，它们只讲述了一部分事实。资本主义不仅是解放，也是剥削。与任何复杂的系统一样，资本主义的影响好坏参半，既有积极的方面，也有消极的方面。然而，以部落故事的角度思考，就意味着要将这些无法给人带来道德满足感的复杂因素排除在外。讲故事的大脑将复杂的现实用一种简单的因果关系来讲述，让我们确信带有偏见的神经模型及其衍生的本能和情感是绝对正义而正确的。为了实现这一目的，我们便会将与我们对立的群体描述成恶人。

人类可怕的真面目在于，不仅我们会与群体内部的其他人争权夺位，除此之外，我们所属的群体也会与敌对的群体竞争。我们无法像椋鸟、羊或鲭鱼那样和平相处，相反，我们总是处于激烈的竞争之中。仅在20世纪，种族灭绝、政治压迫和战争等冲突就夺走了 1.6 亿人的生命。

在这一点上，我们和黑猩猩有着共同之处。雄性黑猩猩会在领地边界进行巡逻，有时还有雌性陪伴。它们会静候长达一个小时的时间，侦听敌人的动向。来自"异族"的黑猩猩一旦被抓，就会被残忍地殴打致死，而那些打死对手的"英雄"则会将敌人喷涌而出的鲜血大口喝下。当邻近部落里的所有雄性黑猩猩都被杀死或驱逐后，获胜的黑猩猩部落就会接管只留下了雌性黑猩猩的领地。灵长类动物学家弗朗斯·德瓦尔教授写道："雄性群体通过故意灭绝邻近部落的雄性来扩大领地的动物，只有人类和黑猩猩两种，这绝非巧合。这种习性在这两种关系密切的哺乳动物中不受彼此影响、独立进化的可能性能有多大？"

时至今日，我们仍然留有这种原始的认知。我们在部落故事的背景中思考。这，就是我们的"原罪"。每当我们感觉到所属群体的地位受到其他群体的威胁时，这些恶毒的神经网络便会被激活。在那一刻，潜意识层面，我们就好像回到了史前的森林或非洲荒芜的草原上。讲故事的大脑进入了斗争状态，为对立群体套上纯粹自私自利的动机。大脑像一位恶毒的律师一样，用刁钻的方式听取对方最有力的论点，寻找机会进行歪曲或否认。大脑会挑出对方群体中最恶劣成员所犯下的最可怕的罪行，来抹黑整个群体，无视群体中个体的深度和多样性，而将对方缩略成一个轮廓，将集体简化成一片剪影。大脑拒绝用同理心、人性和耐心的理解看待这些剪影，但是对自己却怀有十二分的同情、人性和耐心的理解。在大脑进行这一切操作时，我们会得到一种美妙的快感，让我们感觉自己俨然成了某个振奋人心的故事中道德高尚的主人公。

所谓控制理论，就是由数百万条关于事情间因果关系的理念组成的复杂网络，而大脑之所以进入斗争状态，就是因为心理构建的"部落威胁"对其控制理论构成了威胁。控制理论会向大脑传输许多信息，其中就包括如何获取其最渴望的东西，也就是人际关系和地位。就这样，大脑从人类降生那一刻起就一直在构建关于世界和自我的模型。

不消说，这种模型及其控制理论与我们的身份密切相关。我们那头骨中的黑暗地下室视为现实本身的东西，就是这个模型。这样说来，人会奋起捍卫这一模型也就不足为奇了。举一个概括性的例子，在奉行不同意识形态的人的眼里，能够获得地位和人脉优势的人的行为是截然不同的。由于不同的群体遵循的控制模式不同，因此，群体遇到的挑战可能撼动其存在的根基。这不仅对我们浮于表面的各种理念造成了威胁，也使我们用来体验现实的潜意识体系遭到了动摇。

另外，"部落挑战"也会对我们倾注毕生心血的权力游戏造成威胁。在我们的潜意识中，如果允许另一个部落获胜，那么对方的胜利不仅会让我们在等级位置上有所下降，还会将整个等级制度全部摧毁。我们将彻底丧失地位，而且绝无翻身的可能。这种对获得地位的能力的剥夺，与心理学家对羞辱的定义，即所谓的"自我毁灭"相契合。我们人类之所以会做出从疯狂扫射到荣誉谋杀等一系列骇人听闻的杀戮行为，根本原因就在于这种心理。当一个群体的集体地位受到威胁，以至于仅仅是想一想受到另一群体羞辱的可能性都会让其成员万分恐惧，因此大屠杀、政治暴动和种族灭绝就有可能发生。

在这种时刻，部落便会借助故事的爆发力以及其中所有的道德义愤和权利之争，鼓励和刺激成员奋起反抗敌人。在 1915 年的电影《一个国家的诞生》（*The Birth of a Nation*）中，非裔美国人被描述成骚扰白人女性的愚蠢野蛮人。这部长达三个小时的电影场场爆满，为 3K 党招募了成千上万的成员。[①] 在《公民凯恩》上映的一年前，1940 年德国拍摄的电影《犹太人苏斯》（*Jew Süss*）把以斯拉的后代刻画成腐败之人，电影中，高高在上的犹太银行家苏斯·奥本海默强奸了一位金发德国女性后，在满怀感激之情的民众面前被绞死在一只铁笼里。这部在威尼斯电影节首映并斩获金狮奖的影片吸引了两千万观众，民众们高喊着"把残余的犹太人赶出德国"的口号，涌向柏林街头。两部电影都涉及对于雌性的性侵犯，而这种侵犯恰是黑猩猩在占领领土时表现出的行为，这种共同之处绝非偶然。

然而，这样的故事并不仅仅利用愤怒和部落羞辱来发挥作用，还有许多故事利用了第三种具有煽动性的群体情绪：厌恶。在人类的进化过程中，来自敌对群体的威胁不仅源于可能发生的暴力行为，也源于对方可能携带的危险病原体，我们的免疫系统之前并没有遇到过这些病原体，因此无力对我们形成保护。接触粪便或腐烂的食物等病原体的载体，都会自然引发出厌恶和恶心的感觉。我们的"部落大脑"似乎已经形成了这样一种思考异族部落的社会习惯。时至今日，许多孩子仍会用捏鼻子的方法表示对外部群体成员的贬低，原因或许就在于此。

利用这种情绪，部落宣传将敌人刻画成携带疾病的害虫，比如蟑螂、

---

① 这部颇具争议性的片子提倡白人至上主义，并涉及对三 K 党的美化。——译者注

老鼠或虱子等。在电影《犹太人苏斯》中，犹太群体被描绘成一群不讲卫生的肮脏之人，蜂拥进城市。就连流行的传统故事也借用了厌恶的力量。从《哈利·波特》中的伏地魔，到《贝奥武甫》（*Beowulf*）[①] 中的格伦德尔，再到《德州电锯杀人狂》中的人皮脸，这些反派们的畸形外貌都能激活这些神经网络。在《蠢特夫妇》一书中，罗尔德·达尔（Roald Dahl）利用厌恶原则创造了一个带有其典型风格的神奇理论："相由心生。如果一个人有丑陋的想法，就会开始在他脸上展现出来。如果那个人每天、每星期、每一年都有丑恶的想法，那他的脸就会变得越来越丑陋，甚至丑得让人不忍直视。"

通过这些方式，故事暴露并助长了人类最糟糕的特质。我们心甘情愿地被高度简化的故事欺骗，欣然接受任何把我们塑造成道德英雄却把别人塑造成肤浅的恶棍的故事。我们可以感受到自己何时受制于故事的影响。当所有的善都在我们这一边、所有的恶都在对方那一边时，讲故事的大脑便将其邪恶的魔法发挥到了极致。

这是大脑给我们讲述的故事，而现实却往往不会如此非黑即白。这样的故事之所以吸引人，是因为塑造英雄的认知誓要让我们信服自己的道德价值。这些认知为我们原始的部落冲动辩护，并诱导我们相信，即使胸怀仇恨，我们仍然是圣洁的。

---

[①] 英国现存最古老、篇幅最长的英雄叙事长诗。大约完成于公元 700 年到 1000 年间。——译者注

# 反英雄　大脑偶尔
# 释放邪恶的天性

　　有的时候，我们会简单地认为自己所支持的角色一定是善良的。这个想法不错，但并不真实。就像在现实生活中一样，故事中善良的人物既美好又能给人以鼓舞，但却常常无聊得可怕。另外，如果主角在故事的一开始就如此完美无私，那就没有故事可讲了。在故事理论家布鲁诺·贝特尔海姆教授看来，讲故事的人面临的挑战与其说是唤起读者对主人公的道德尊重，不如说是唤起他们的同情。在对童话心理学进行研究后，他认为："孩子之所以认同善良的角色，不是因为角色的善良，而是因为其条件境况对孩子产生了积极深刻的吸引力。孩子关注的问题不是'我是不是想做一个好孩子'，而是'我想变得跟谁一样'。"

　　然而，如果贝特尔海姆是正确的，我们又该如何解释反英雄[①]呢？在纳博科夫的《洛丽塔》中，主人公亨伯特与一位 12 岁的少女展开了一段性爱关系，而他的经历却令数百万人着迷。我们不会想要变得和他一样，这是不言自明的吧？

　　为了不让读者在读完前七页后就把小说扔进火炉中销毁，纳博科夫不得不时不时地使出浑身解数，操纵我们的群体社会情绪。通过一位学者撰

---

① 文学、电影、戏剧作品中的主角或重要配角，缺乏理想主义、勇气和道德等传统的英雄主义，形象接近反派或存在缺陷。——译者注

写的学术气息浓厚的前言，我们很快便得知亨伯特已经去世。接下来我们又发现，在去世之前，他被监禁了，正在等待审判。我们还没来得及感受自己的道德义愤，这股情绪就几乎被浇灭了，这可怜的恶人已经被监禁起来，丧了命。无论他犯下什么恶行，都已经得到了社会体系的惩罚。我们不必再抓着不放了。义愤的情绪就此消退。第一句话还没写完，纳博科夫就已经巧妙地为我们卸下负担，让我们得以沉浸于即将到来的情节中。

而当在书中读到主角时，我们的怒火被进一步浇熄，因为他立即承认了自己的错误，说洛丽塔是"我的罪恶"，而他自己则是"杀人犯"。另外，亨伯特与"恶心"二字截然相反，他长相英俊、穿着得体、潇洒迷人，这也有助于我们对他树立积极的印象。他的幽默中带着一股阴郁，在谈到母亲的去世时，他使用了可谓文学史上最著名的带括号的插入语："（野餐，闪电）"[1]，并把洛丽塔的母亲描述为"冲淡了的玛琳·黛德丽[2]"。我们得知，他的恋童癖倾向是由悲剧引发的：在他十二岁的时候，初恋安娜贝尔不幸过世，"从那以后，那个在海边袒露着胳膊和双腿、拥有炽热之舌的小女孩，便一直萦绕在我的心间——直到二十四年后，我才最终打破了她的魔咒，将她投射在另一个人身上。"

当亨伯特对与安娜贝尔同龄女孩的性欲表现得越发明显时，他曾试图通过治疗的手段和婚姻来疗愈自己，但这些都是徒劳。就如查尔斯·凯恩

---

① 《洛丽塔》第二章中，亨伯特在讲述母亲死因时曾经说："我那很上相的母亲在我三岁时死于一桩奇怪的事故（野餐，闪电）……" 1998年，美国桂冠诗人比利·柯林斯以《野餐，闪电》作为其第四本诗集的标题。——译者注

② 20世纪美国著名电影演员。——译者注

和李尔王的经历一样，故事的爆点，便是他关于世界的错误模型带来的必然结果，即遇见洛丽塔，并坠入爱河。我们很快就发现，洛丽塔的母亲对她恨之入骨。她让女儿住在家里最简陋阴冷的房间里。除此之外，亨伯特还找到了一份母亲替女儿代写的性格调查问卷。这份问卷表明，她认为洛丽塔"好斗、吵闹、挑剔、多疑、急躁、易怒、消极（这个词下面划了两条线）且固执。对于包括活泼、乐于助人、精力充沛在内的剩下三十个形容词，她却完全忽视。真是太让人气愤了"。不仅如此，洛丽塔的母亲还不顾女儿的反对，把她送进了一所纪律严明的寄宿学校。通过一系列强大而巧妙的手法，纳博科夫操控着我们的情绪，让我们在不知不觉间站到了亨伯特一边。

如果亨伯特想要拥有洛丽塔，她的母亲就必须消失。亨伯特会杀掉她吗？纳博科夫知道，他已经向读者提出了很大的挑战。我们的社会情感对亨伯特的"支持"并不牢靠，也绝不会坐视他滥杀无辜。因此，洛丽塔母亲的死并不是亨伯特直接造成的。纳博科夫运用了他可谓最为大胆的操控术，让主人公无法鼓起勇气做出这种阴谋。相反，纳博科夫借助了他让亨伯特戏称为"长而多毛的巧合之臂"的东西，让她被车撞死了。

当亨伯特终于可以染指洛丽塔时，他虽欲火焚身，但内心也充满了矛盾、犹豫和愧疚。而随后我们发现，洛丽塔已经和夏令营的一个男孩过了夜，已不再是处女了，这一点至关重要。至少在我们那不可靠的脑中的声音来看，她强势、自信、操控欲强、早熟，因此不值得同情。由于我们读到了她在书本所描述的那些行为，潜意识和感情上便做出了相应的反应。洛丽塔勾引了亨伯特，然后又决定和更令人不齿的克莱尔·奎尔蒂私奔。对于克莱尔这个如捕食者般"非人"的情色剧作家，纳博科夫充分动用了厌恶原则的影响，操控我们对亨伯特的同情心。我们看到，"黑毛在他那像猪脚一般的双手上立起"，眼见他"大声抓挠着那肥胖而粗糙的青灰脸颊，咧开狞黠的笑容，露出他那珍珠般短小的牙齿"。然后，通过读者渴望已久的大快人心的无私惩戒之举，亨伯特发出高成本信号，结束了克莱尔的性命。

最终，我们的反英雄自愿接受了逮捕，为故事画上句号。他与我们分享的最后一件事，是一段充满忏悔的回忆。那是在刚刚被洛丽塔抛弃后，他把车停在靠近山顶的山谷边，山谷的底部是一个采矿小镇。在街道上，他听到了孩子们嬉戏的声音："我站在高耸的斜坡上，聆听着那天籁般的声音之音，那种庄严而喃喃低语的背景音中间或插入的几声欢笑。然后我意识到，令我绝望而痛苦的并不是因为洛丽塔不在我身边，而是那和音中没有她的声音。"亨伯特做的事情或许可憎，但技法高超的纳博科夫，仍然操控我们用发自内心深处的部落情感对其罪恶和灵魂加以审视。

其他的反英雄也会对我们施以类似的操纵，这点在电视剧《黑道家族》(The Sopranos) 的主角身上体现得尤为突出。在心理治疗师的候诊室里，我们第一次见到了黑手党托尼·瑟普拉诺。我们了解到，他对一群经常落在他家泳池中的大鸭子和小鸭子产生了感情，鸭子们的最终离去，甚至引发了他的恐慌症。提到鸭群的时候，他抽泣了起来。他不仅心思敏感，郁郁寡欢，也没有什么地位。他只是新泽西一个不上台面的帮派的头目，就像他对新找的心理治疗师说的那样："我入行太晚，最好的时机已经过去了。"

当我们看到瑟普拉诺殴打一个男人时，我们会觉得对方只是一个欠他的钱并侮辱过他的"堕落的赌徒"，而瑟普拉诺控诉道："你一直告诉别人，与过去的头领相比，我什么都不是。"瑟普拉诺的叔叔比他性情残暴得多，我们随着剧情的展开看到，叔叔策划在他的一位不属于黑手党的朋友的餐厅进行暗杀，而他则对朋友暗中相助。我们还看到，瑟普拉诺很孝顺母亲。当他带母亲去参观未来可能入住的养老院时，她悲从中来，让他又爆发了一次焦虑症。之后我们发现，他的母亲正和叔叔一起密谋杀害他。

作者帕特里夏·海史密斯（Patricia Highsmith）也对类似的手法信手拈来。在《雷普利的游戏》（*Ripley's Game*）中，具有反社会人格的行骗高手汤姆·雷普利与亨伯特一样，英俊潇洒、能言善辩、文质彬彬。而且，就像亨伯特和瑟普拉诺一样，他与比自己无情得多的恶棍里夫斯·米诺发生了冲突。像瑟普拉诺一样，他需要面对意大利黑手党所代表的更加黑暗而强大的势力。类似的相似点比比皆是。如果我们突然意识到自己已经站在这些主角一边，那是因为我们被他们周围发生的一切巧妙地操纵了。这些人物或许是性罪犯、骗子和黑帮成员，但是专为他们打造的反对势力，却让我们对其恶行熟视无睹。

从某种意义上说，所有的主角都是反英雄。刚刚出场时，绝大多数人都是有缺陷和偏见的，只有通过努力改变自己，才能成为真正的英雄。想要单独找出一个原因来说明某个角色为何值得我们支持，可能都会以失败告终。打造同理心的秘诀不止一个，而是有很多。其中的关键在于大脑的神经网络。故事会在大脑的多个经过进化的系统中发挥作用，一位技艺高超的故事讲述者会像管弦乐队的指挥一样激活这些网络，在这里引发几声道德义愤的颤音，在那里引发一阵权力游戏的轰鸣，其中有部落认同的叮当作响，有敌对威胁的隆隆低音，有风趣诙谐的喇叭声，有情色诱惑的鸣笛声，有不公问题的渐强，还有以有趣的新方式提出戏剧关键问题时引发的纵横交错的嗡鸣，所有的乐声，都能吸引大脑的注意并对其加以操纵。

但我认为，除此之外，还有其他原因存在。故事是一种游戏形式，供我们这些经过驯化的动物学习如何掌控社会世界。关于反英雄的原型故事通常以主角被杀或受辱告终，由此实现为部落宣传的目的。我们得到了应有的教训，对这种自私行为造成的代价坚信不疑。但令人尴尬的事实是，当故事在脑中展开时，我们似乎很享受"扮演"反英雄角色。原因或许在于，在隐于塑造英雄的大脑声音之下的阴暗处，我们知道自己并不那么可爱。对自己保密，并不是一件轻松的差事。或许，这就是反英雄故事富有颠覆性的真相。无所顾忌地释放邪恶，即便只是在脑中过过瘾，也是一种快乐的解脱。

## 原始伤害　大脑创伤会改变我们对现实的体验

约瑟夫·坎贝尔认为，要想"真实"描述一个人，唯一的方式就是刻画他们的不完美，如果这种观点正确，那么讲故事的人该怎么描述你呢？也就是说，在你所坚守的使得你成了现在的自己并且定义你这个人的理念中，有哪些是错误并且对你有害的？管家史蒂文斯身上的情绪克制，在你身上的版本又是什么呢？十有八九，这是一个难以直接回答的问题。这些缺点之所以有害，是因为我们往往对其视而不见。这些缺点已经成为构成我们对现实的可控幻觉的元素。更糟糕的是，当这些缺点最终凸显出来的时候，在我们那塑造英雄的狡猾大脑的矫饰下，这些缺点仿佛根本不是缺点，而是优点和美德。为了捍卫这些缺点，我们甚至不惜奋而发起斗争。

在我看来，这其中的原因，可能是一种认为他人具有危险性的基本理念。我有一个关于控制的理论，即为了保持安全，我们应该尽可能地避开他人。随着年龄和社交技能的增长，我发展出了不同版本的自我，在公共场合像面具一样戴在表面，以便正常生活。但与此同时，我也更加封闭于自我之中。我那诡计多端的大脑告诉我，让我走到当下的决策是明智的。像现在一样过着相对平静的生活，与妻子和狗住在乡间，这样的生活是美好的。"他人即地狱，不是吗？"我的大脑说。

但有的时候，我也会有所动摇。三十多岁时，我偶尔会渴望交友，但一有机会，我又会选择和人群保持距离。而今，这种渴求已然消逝。随着周围的世界安静下来，我逐渐认识到，美好的独处和痛苦的孤独是同一张脸的两种表情，二者可以在瞬间互相转换。我感觉自己变得越来越孤僻。出门散步时，从邮递员警惕的眼神和遇到的人们身上，我感觉到了这一点。我担心我的妻子年岁渐长，却膝下无子，最终会过上孤苦伶仃的生活。但又能怎么办呢？几十年来，我的神经模型一直在沿着这个方向进行自我构建。要想打破这些模型，改变作为模型基础的错误的核心理念，只有发生非常具有戏剧性的事件才行。

关于我的世界模型产生的全过程，我可以讲述一个非常具有说服力的故事。大五人格测量表的测试结果显示，我的外向性较低，神经质程度较高，而我艰难的童年家庭生活加剧了这些遗传倾向。我试图找到在学校缺失的东西，但我的挣扎只是带来了疏离和烦恼。然后，酒精进入了我的生活。要想戒掉这些东西意味着我不能再参加社交活动，而事实证明，社交具有惊人的诱惑性，噪声和人群成了我想要的一切。我曾经追寻的东西，似乎与现在截然相反。这，就是由新皮质编造的带有因果关系的精彩起源故事。

这种编织出的内容是真实的吗？也许一部分是的，但到底有多少，我永远不得而知。然而，我相信每个人都有这样的故事。在这个心理治疗为很多人所需的时代，我们习惯于从自己的过去寻找让我们感到安慰的故事，让我们觉得一切不是我们的错，以此解释伤害的根源。这种形式似乎在20世纪的小说中较为常见，但实际上已经存在了几个世纪，其中一个突出的例子，就是莎士比亚在《裘力斯·凯撒》中对凯歇斯心理创伤起源的描写，讲述了童年时的他如何在台伯河湍急的河水中产生了对杀人的迷恋。

《公民凯恩》的故事本身讲的就是对心理创伤起源的找寻。罗尔斯顿要求他的记者们揭开一个人背后的故事，这个人继承了巨额财产，却选择经营一份报纸，试图从政，之后孤独而悲哀地死在"世界上最大的游乐场"，被"大得无法分类的巨物"所包围。更具体来说，这些记者的任务是揭开他临终前所说的最后一个词的谜底：玫瑰花蕾。

在搜索的过程中，罗尔斯顿的一个手下读到了凯恩童年时监护人的回忆录。回忆录中写道，凯恩的母亲违背他父亲的意愿，将凯恩交给了富有的撒切尔监护。她觉得自己做出了正确的选择，因为他的父亲经常殴打他。但凯恩的父亲却坚信自己的做法是正确的，因为他那自以为是的内心声音坚称，孩子不打不成器。虽然受到体罚，但是小凯恩的生活从本质来说还是幸福的。我们看到，小时候的他生龙活虎，欢天喜地地在雪地里扮演士兵。被撒切尔带走时，小凯恩用雪橇攻击了他。

在影片的最后几帧画面中，故事开始时出现的信息差终于得到了填补。我们发现，雪橇上写着"玫瑰花蕾"这个词。凯恩死时摔碎的雪花玻璃球中，是一幢与父母家类似的房子。被人从家中拽走的经历给凯恩造成了缺憾，他穷其一生，试图用大众的爱和他能负担得起的所有物质财富加以填补。但是，这个空洞实在太大了。在那个挥舞雪橇的时刻，他的神经模型崩溃了，而这又反过来创造了他的故事的爆点和情节。这个启示回答了"他是谁"这个根本的关键问题，给予观众震撼和满足。

管家史蒂文斯的创伤起源则发生在童年时期。从小接受的教育让他对英国的伟大坚信不疑，那时，英国仍保持着无可置辩的强大地位。但在史蒂文斯小时候，有一个时刻似乎对他的性格塑造产生了特别的影响。他听到了一个关于他做总管的父亲的故事，得知他是如何对待一个厌恶的来访者的。原来，在第二次布尔战争中，一位军官有违原则和不负责任的行为直接导致他的长子，也就是讲这个故事的人的哥哥的死亡。这位军官来访时并未带贴身男仆，于是，老史蒂文斯便主动提出照顾他。在这位军官为期四天的来访中，老史蒂文斯把他照顾得无微不至，而他却表现得骄横粗鲁。然而，就在这位军官吹嘘自己在战场上的丰功伟绩时，老史蒂文斯却丝毫没有流露出强压在心里的情绪波动。在史蒂文斯的心中，这种情绪克制的尊严成了一种理想化的自我模式，被纳入了他的控制理论之中。这个故事告诉他，他必须成为这样的人，才能被管家的权力游戏接纳，并登上巅峰。

　　作者将人物的原始创伤归于某些特定的时刻，这似乎是许多精彩故事的特点。"这是因为他们的父母不够爱他们"，像这样笼统的说辞是不够的，因为这种模糊的想法只能带来更多的迷惑。诚然，现实中的原始创伤通常是一种无情侵蚀的过程，是反复出现、长达数月或数年的残酷经历的结果。但根据我在教授这些原则时的经验，在故事的创作中，具体性是不可或缺的。具体性有助于将角色受到的伤害归结为一个特殊事件，并进行全面的刻画，即使这些场景通常会在改编的戏剧、剧本或小说中被删去。只有理解事情何时发生、如何发生以及造成了什么样的缺陷，作者才能真正地了解自己的角色。这种认知，会逐渐定义角色。他们那具有自我强化能力的大脑，会在各处搜索支持这一认知的证据。

　　对角色进行解构后，你就可以开始构建他们的故事了。解构角色的方法，需要因人而异。石黑一雄笔下的管家的错误，在于情绪上的克制。他的整个人生以及讲述其一生的小说，都围绕着这一特质而生动起来。

　　如果说故事的原始创伤最常发生在角色的青少年时期，那是因为在人生的前二十年里，我们会不断用个人经历塑造自我。我们对于现实的模型，就是在这段时间内建立的。如果要想象拥有未成形现实神经模型的人有多么古怪和狂躁，只需想象一个四岁的儿童，或者想象十四岁的青少年也行。作为成年人，我们所经历的幻觉是建立在过去之上的。从一定程度上来说，我们是在用经历过的伤害审视、感受和解释世界。

　　这种伤害或许在我们能说话之前就已经产生了。因为人类对于控制的渴望，遇到行为无常的看护人，婴儿或许会在一种持续高度警惕的焦虑状态下长大。这种痛苦塑造了婴儿对人的核心观念，可能会在其长大后的社交生活中导致严重问题。在稚嫩的童年，即使是缺少温情的抚摸，也有可能对我们造成永久的伤害。身体有一个触觉感受器网络，专门对抚摸做出反应。在神经学家弗朗西斯·麦格隆（Francis McGlone）教授看来，温柔的抚摸对于孩子心理的健康发展至关重要："我的直觉告诉我，父母和婴儿之间的自然互动，比如触摸、拥抱和源源不断的抚摸，能够给婴儿提供必要的输入，为具有强大适应力的社会大脑奠定基础。这种互动能给人美好的感觉，是绝对不可或缺的。"

　　神经模型在青春期继续成形。在学校的受欢迎程度或其他因素，也会对人们的神经模型造成永久性的扭曲，从而改变大脑对现实的体验。心理学家米奇·普林斯汀（Mitch Prinstein）教授写道，从表层来看，我们在青春期的社会地位改变了我们的成年人身份，还能扭转"我们的大脑线路，并由此改变我们的所见、所想和行为方式"。

　　研究人员要求参与者观看充满社交互动场景的视频，比如学校走廊的影像。然后，他们对参与者的眼跳动作进行跟踪，以便观察其大脑关注哪些元素。那些有"成功社交史"的参与者，大多会将目光放在友善的行为上，比如微笑、聊天和点头。而普林斯汀写道，那些在高中曾感落寞和遭遇社交孤立的人，却很少去看积极的场景。相反，有大约80%的时间，他们的关注点都放在那些不友善或受欺负的人身上。仿佛这些人看的是一段完全不同的影像。

类似的实验还有让参与者观看简单的动画视频，视频中的图形以难以定性的方式彼此互动。那些在学校里不受欢迎的参与者大多会讲述一段带有因果关系的故事，勾勒出这些图形如何彼此施暴，而那些在学校受欢迎的参与者，则大多将这些动画视为几个图形在愉快地嬉戏。

这就是我们面对日常生活的方式。我们在人类环境中捕捉到的信息，不但是过去的产物，而且往往是属于我们个人的伤痕的产物。大脑忽略的东西，我们几乎是视而不见的。如果大脑指挥眼睛去看周围令人痛苦的元素，那我们就只能看到这些。如果大脑将原本无害的事件编织成充满暴力、威胁和偏见的因果故事，那么我们的体验也会如此。正因如此，以自我为中心的虚幻现实才会与身边人的版本截然不同。因为，每个人身处的世界千差万别。这个世界充满友善还是敌意，在很大程度上取决于我们小时候的经历。"从某种程度上而言，每时每刻，我们的大脑都在汲取塑造人格的来自高中的原初记忆，而我们自己却浑然不觉。"

创伤性的童年经历，会破坏我们把控他人环境的能力。而对于我们这些群居生物来说，充斥着他人的环境就是一切。一切故事中的主要角色，都会卷入这样的挣扎之中。某些类型的虚构故事中似乎不存在这种角色，比如印第安纳·琼斯等男孩爱看的冒险故事的主角，安迪·麦克纳布（Andy McNab）担任编剧的《战火实录》（*Bravo Two Zero*）是这种英雄故事的一个典型代表，它们关注的是主人公如何奋力掌控现实而非社交世界。但即便是这些角色，最终也不得不与敌对思想进行斗争，无论这思想是以某种恶棍的形式呈现，还是主人公自己混乱而叛逆的潜意识。

原始伤害在我们的模型仍在构建时便产生了，因此，由此衍生的错误认知便融入了我们的本性之中，内化成了我们的一部分。自我辩护、塑造英雄的内心声音告诉我们，我们没有偏见和错误，是永远正确的。我们会从各处寻找支持这一错误理念的证据，却对任何反证予以否认、表示轻蔑或进行反驳。一次次的经验，似乎都在证实我们的正确性。在成长阶段，我们一直透过这个破碎的模型审视世界，虽然充满了扭曲和裂痕，但这个模型在我们眼中却无比清晰和真实。

然而，现实会时不时地对我们进行反击。环境中的某些因素会发生变化，而这变化是我们被错觉混淆的模型无法预测且令人措手不及的。我们试图控制混乱的局面，但由于这种改变对模型的具体缺陷造成了直接打击，因此，我们的尝试便以失败告终，而矛盾也油然而生。我们到底是正确的吗？难道说，我们有可能是错的？如果这种根深蒂固、形成身份认同的信念被证明是错误的，那么我们又到底是谁呢？这一戏剧中的关键问题由此引发。故事拉开了帷幕。

想要确定自己的身份和必须要成为的人，意味着我们要接受故事向我们提出的挑战。我们是否有足够的勇气做出改变？我们能够成为英雄吗？

向所有人提出这个问题的，不仅是故事情节，还包括生活本身。

# 04

## 好故事的
## 意义

—

### 存在错觉的，不只有我们

THE SCIENCE
OF
STORYTELLING

# 目标导向  目标为生活
# 赋予了秩序、动力和逻辑

英雄们无私而勇敢，且凭借努力赢取地位。但是无论在故事还是现实生活中，英雄都有一个我们尚未完全触及的终极基本品质。这是人类最古老和最基本的驱动力，可能从我们还是单细胞生物的时候就已经存在，即人类是一种目标导向的动物。我们努力争取自己渴望的东西。当意想不到的变化来临，我们不会爬回床上，幻想着醒来一切变化都消失了。好吧，我们可能会这样逃避一阵子。但在某个时刻，我们会站起身来，勇敢面对，奋起斗争。在 19 世纪的剧评家费迪南德·布吕内蒂埃（Ferdinand Brunetière）看来，这是戏剧中一条不可违背的规则："我们想在戏剧中看到的，就是一场为了某个目标坚持奋斗的精彩表演。"震撼人心的故事和成功人生中必不可缺的因素在于，面对周围爆发的混乱，我们不会只是一味消极忍受。这些事件挑战着我们，激发出我们的欲望，而这种欲望促使我们采取行动。就这样，变化召唤我们进入冒险故事，从一个爆点出发，孕育出一段故事。

目标导向是一种基础机制，人类所有其他的冲动都建立在这个机制上。达尔文主义认为所有生命的终极目标，就是生存和繁殖。由于人类进化史的特殊性，人类实现这些目标的主要策略便是维持好部落人际关系以及提高在部落中的地位。建立在这些深层次共性之上的，是包括野心、争斗、婚外情、失望和背叛在内的一切渴望和挣扎，也就是故事的所有元素。

人类总有一种想让自己生活的环境里发生些什么的冲动，这种冲动非常强烈，以至于被心理学家形容为几乎与食物和水一样的基本需求。曾有心理学家做过这样一项研究，当研究人员把参与者放进漂浮池[①]并堵住参与者的眼睛和耳朵时，他们发现，参与者通常在几秒钟内就会开始揉搓手指，或者在水中激起水花。四个小时后，一些人开始唱起下流的歌曲。另一项研究发现，如果在一个房间里只放电击设备，除此之外不放置任何其他刺激因素，67% 的男性参与者和 25% 的女性参与者非常渴望能有什么事情发生，为此甚至不惜对自己进行痛苦的电击。人类总是必须做点什么，这是我们无法控制的本性。

目标给我们的生活赋予了秩序、动力和逻辑，也让我们对现实的幻觉有了叙事的重心。我们的感官感受到的东西就是围绕着目标构建起来

---

① 一种剥夺感官的容器，黑暗、隔音、封闭且装有生理盐水，供人在黑暗中漂浮，进行放松或冥想。——译者注

的。无论什么时候，我们的所见所感，都取决于我们有怎样的目标。在倾盆大雨中被困在街道上时，我们对商店、树木、门廊和遮阳篷视而不见，只能看到避雨的地方。目标导向对人类的认知至关重要，以至于我们会在缺少相关信息时陷入不知所措的状态。心理学家约翰·布兰斯福德（John Bransford）教授和马西娅·约翰逊（Marcia Johnson）教授曾做过一项实验，让一些人记住以下段落：

> 　　过程其实很简单。首先，根据性质将物品进行分类。当然，放成一堆或许也行，就看要洗多少了。如果你设施不足，必须去别的地方，那就看下一步，如果没有这个情况，那就差不多准备好了。重要的是，不要在某一件上下太多功夫。也就是说，每一次宁少勿多。从短期来看，这似乎无关紧要，但一次处理太多所带来的问题很容易就会凸显出来。一个错误有时也会带来沉重的代价。使用适当的机器的重要性不言自明，无需在这里细讲。刚开始的时候，整个过程似乎很复杂。但是过不了多久，这就会成为生活中的一个常见因素。很难预见这个必不可少的任务在不久的将来就会终结，但话说回来，未来的事情谁也说不清。

绝大多数人都会漏掉其中的几个句子。但是，第二组参与者在阅读之前却被告知，这段话与洗衣服有关。只是添加了一个简单的人类生活中的目标，这段冗长而不明所以的文章立刻就变得清晰起来。第二组参与者记住的信息，是第一组的两倍。

为了鼓励我们采取行动、努力奋斗、尽情生活，让我们认为自己是生活主人公的大脑想让我们觉得自己在朝着更好的方向不断前进。心理健康的人，会用一种乐观主义和宿命感的错觉编写自己的故事。在一项巧妙的研究中，研究人员让一间餐厅的员工圈出未来生活中所有可能发生的事情，然后再圈出一位自己喜欢的同事未来所有可能发生的事情。相比于为同事圈出的可能发生的事，人们针对自己的生活圈出的要多得多。而另一项测试则发现，在每十名参与者中，就有八个人相信自己的未来要比其他人更美好。

目标导向能够让故事更加激动人心。在主角追求目标时，我们能感受到他们的挣扎。当主角得到奖励时，我们能感受到他们的喜悦。当主角前功尽弃时，我们大声疾呼。在现实生活和故事中，情感指引着我们，通过一种比文字还要古老数百万年的语言，让我们知道自己应该成为什么、追求什么。我们能感知自己的英雄之举，因为这种行为会被积极的情绪所渲染。在这一点上，人类绝非特例。心理学家丹尼尔·内特尔教授写道："当一只变形虫沿着化学梯度①接触并摄入食物时，我们可以说，它是在按照自己的积极情绪行动。所有感官生物都具有某种发现环境中的美好事物并加以追寻的系统，人类的积极情绪就是这种系统高度进化的版本。"

电子游戏便直接利用了这种核心欲望。《魔兽世界》和《堡垒之夜》等多人在线游戏的本质都是故事。玩家登录游戏并与其他玩家组队挑战艰难任务时，三种最深层的需求会得到充分满足。他们会与他人沟通，赢得地位，并接到一个要去追求的目标。他们成了典型的英雄，要通过战斗体验危机—挣扎—解决问题的三幕叙事。在满足人类的这些深层需求方面，当

---

① 离子或分子的浓度梯度，可能存在于生物膜上，即膜的一侧浓度高于另一侧。——译者注

今的游戏极其有效，甚至让玩家欲罢不能。现在，世界卫生组织已将"游戏成瘾"列为一种疾病。一位家住英国威尔士的名叫杰米·卡利斯（Jamie Callis）的少年每天要花 21 个小时玩《江湖》（*RuneScape*）①。他对当地的一家报纸表示："前一分钟你还在砍树，下一分钟就能杀戮或者探险了。游戏里有许多帮派，大家真的亲如家人。"卡利斯花了大量时间跟他的美国和加拿大队友聊天，以至于威尔士口音越来越淡。在韩国，一对父母因为沉迷多人在线电子游戏，竟然使自己三个月大的女儿活活饿死。讽刺的是，让这对父母欲罢不能的游戏叫作《普锐斯在线》（*Prius Online*），玩家的任务之一，就是与一位名叫"阿尼玛"的虚拟女孩建立和培养感情。

心理学家布赖恩·利特尔教授倾注了数十年的时间，研究人类在日常生活中追求的目标。他发现，平均来说，每个人会同时进行 15 个"个人项目"，其中混杂着"平凡的琐事和让人痴迷的重大事项"。这些项目对构建我们的身份至关重要，利特尔甚至会告诉他的学生，说"我们就是自己的个人项目"。他的研究发现，一个能够为我们带来快乐的项目，应该对我们个人有意义，而我们也应该拥有一定程度的控制权。我问他，一个努力实现这些"核心"项目的人是否与典型的英雄异曲同工，在危机—挣扎—解决问题的三段式叙事中奋力前行。他的回答是："没错，千真万确。"

利特尔并不是第一个提出人类的基本价值是朝着有意义的目标奋斗的人。在古希腊时期，亚里士多德就已经尝试过揭开人类幸福的真正本质。一些人提出，幸福的本质在于"享乐"，即快乐和短期欲望的满足。但亚里

---

① 大型多人在线角色扮演游戏，于 2001 年 1 月问世。——译者注

士多德轻蔑地驳斥了享乐主义者，表示"他们的选择无异于放牧动物的生活"。与此相对，他阐述了"美好生活"（eudaemonia）的概念。对于亚里士多德来说，幸福不是一种感觉，而是一种实践。古典主义教授海伦·莫拉莱斯（Helen Morales）表示："这是一种实现人生使命的生活方式，即如何活得精彩。亚里士多德的意思是说：'不要期待明天的幸福。幸福就是投身于当下的过程之中。'"

最近，社会基因组学领域的惊人证据表明，人类天生会按照亚里士多德对于幸福的概念生活，即幸福是一种实践，而不是目标。一支由医学教授史蒂夫·科尔（Steve Cole）领导的小组所做的研究结果表明，生活美好，我们的健康状况会得到改善，心脏病、癌症和神经退行性疾病的风险会降低，而抗病毒反应则会更加灵敏。除此之外，我们的基因表达也会有所改变。其他领域的研究发现，使命感充足的生活可以减少抑郁和中风的风险，并有助于成瘾者恢复正常。"有的人会漫无目地浪费人生，但我不是这种人"，那些更倾向认同类似说法的人，在同等条件下，通常会比其他人更加长寿。

当我问科尔如何定义美好人生时，他说，"这是一种为追求崇高目标而努力奋斗的过程"。

"这么说来，这就是文学作品中的英雄之举？"

他回答说："没错，就是这样。"

体验故事是人之天性。强迫自己朝着一个艰难而有意义的目标前进时，我们便能拥有精彩的人生。大脑奖励系统并非在我们实现目标时才会启动，它伴随在我们追求目标的始终。追求的过程构成了生活，也成就了故事。缺少可以追寻的目标或至少朝目标靠近一点的感觉，剩下的只有失望、沮丧和绝望，这样的生活，与行尸走肉无异。

当威胁和意想不到的变化来袭时，我们的目标便是面对。这个目标支配着我们。世界逐渐缩小，我们的认知会变得非常局限，会对使命之外的东西视而不见。面前的一切要么是有助于我们实现愿望的工具，要么就是我们必须踢开的障碍。对于故事中的主角而言，也是如此。故事情节中若是缺少了布吕内蒂埃所说的"为某个目标坚持奋斗"，戏剧冲突就无从谈起，剩下的只有平铺直叙。

这种"世界的缩小"，尤其应该出现在故事的爆点上，但这也正是许多故事的败笔之处。为了从最大限度上吸引读者，主角应积极活跃，应该大大促进后续情节的发展。文本分析显示，在跻身《纽约时报》畅销书排行榜的小说中，"做""需要"和"想要"这三个词的出现频率是那些未上榜小说的两倍。在戏剧中，如果角色没有做出反应或制定决策，没有进行选择并试图以某种方式控制混乱的局面，那么这个角色就不是真正的主角。如果没有行动，戏剧中关键问题的答案就永远不会发生真正的改变。这样的角色一成不变，只是缓慢呆滞地越陷越深。

## 情感弧线　好故事是一场
变化的交响乐

接下来会发生什么？从亚里士多德开始的杰出学者们花费了几个世纪，试图找到这个问题的答案。要想让读者和观众最大限度地从故事中获得满足感，主角需要采取什么行动呢？在追求完美情节时，故事理论家们惯用的方法是收集大量精彩的神话和故事，并用他们的"探测棒"进行测试，努力找出隐藏其中的规律。这些人的研究结果产生了深远的影响，塑造了当今盛行的讲故事模式。

在神话学家约瑟夫·坎贝尔看来，故事开篇，主角会得到召唤，让他踏上征程，但他会拒绝接受。然后，一位导师出现，帮助主角改变想法，投身征程。在故事发展到一半时，主角发生彻底转变的时刻，却引来了黑暗力量的追逐。在一场你死我活的战斗后，英雄带着经验和"恩赐之物"回到了集体之中。

经过三十年的研究，克里斯托弗·布克得出结论，他认为故事中存在七种反复出现的情节：斩除恶魔、穷人逆袭、踏上征程、远征与回归、重生、喜剧以及悲剧。他认为，每种故事都按照五个阶段来发展：召唤启程，一切安好，遭受挫败，陷入噩梦般的矛盾冲突，最终问题解决。借鉴荣格的人格理论，布克概述了一种在他看来无所不在的角色转变。在故事的开端，主角的性格并不完美。在力量与纪律等典型男性特征或感性和理解等典型女性特征方面，角色会表现得过强或过弱。在第三幕的完满结局中，主角在这四种特征之间达到"完美的平衡"，最终成为一个全面而完整的人。

在关于故事结构的精彩著作《走进森林》（*Into The Woods*）中，约翰·约克提出，故事中存在一个重要的"中间点"。一定程度上，约克受到了古斯塔夫·弗赖塔格（Gustav Freytag）[1] 在 19 世纪对古希腊和莎士比亚戏剧的分析启发，认为几乎"任何成功故事"的中间点都会发生某种事件，这些意义深远的事件，会以某种不可逆转的方式改变故事和主人公。当李尔王恍然意识到邪恶的女儿们造成的恶果时，他被愤怒和绝望吞没，这就是一个经典的中间点桥段。约克还认为，故事中隐藏着一种对称性，即主角和反派的彼此对立，其命运的起落互为镜像。

好莱坞动画工作室皮克斯聚集了一批当代最成功的大众故事家。故事艺术家[2] 奥斯汀·麦迪逊（Austin Madison）曾参与过《美食总动员》《机器人总动员》《飞屋环游记》等卖座影片的制作。他表示，所有皮克斯电影都必须遵守一种结构。故事从一个生活安定、心怀目标的主角开始。然后挑战出现，迫使主角进入一连串因果事件，最终逐步发展到高潮，向我们展示正义终将战胜邪恶以及故事的寓意。

"大数据"的出现，也拉开了故事分析新时代的序幕。研究人员从提供公版小说的在线平台"古登堡计划"下载了 1327 部最受欢迎的小说，他们使用算法将这些小说分割成篇幅为 1 万英文单词的章节，并衡量出每章节

---

[1] 德国小说家、剧作家。——译者注
[2] 指动画电影中参与剧本或故事创作但不享有编剧署名的编剧，常见于皮克斯和迪士尼动画电影。——译者注

语言的感情色彩。他们发现，这些故事趋于五种"情感弧线"：穷人逆袭（情感呈上升状），由富变穷（悲剧，情感呈下降状），陷入麻烦（先降后升），伊卡洛斯[1]式（先升后降），俄狄浦斯[2]式（降升降）。研究人员发现，商业上最为成功的情感弧线，分别为伊卡洛斯式、俄狄浦斯式以及"接连两次陷入麻烦"。

斯坦福大学文学实验室的出版总监乔迪·阿彻（Jodie Archer）联手马修·乔克斯（Matthew Jockers），进行了另一项大数据分析。两人运用算法分析了两万部小说之后，竟能运用这种算法预测出哪些小说将成为《纽约时报》的畅销书，准确率达 80%。有趣的是，这些数据与克里斯托弗·布克的毕生研究相契合，果真找出了他的七个基本情节。另外，研究也揭示了人们最有兴趣阅读的内容。在畅销书中，出现频率最高且最重要的主题，是人与人之间的亲密关系和人际沟通，对于我们这种极其热衷社交的物种而言，这种兴趣非常合理。

阿彻和乔克斯对 E. L. 詹姆斯（E. L. James）的小说《五十度灰》尤为好奇，这本书销量达到 1.25 亿册，出版界诸多人士为之惊讶。一些人认为，小说的成功是因为其性虐主题，但文本分析显示，小说中占支配地位的主题其实并不是性。阿彻和乔克斯二人认为："与其称之为赤裸裸的情色小说，不如说是一部刺激的言情小说，其核心趣味在于男女主人公之间的情感联系。"真正推动剧情发展的，是安娜是否会选择屈服这一反复出现的问题。

---

[1] 希腊神话中代达罗斯之子，因飞得离太阳太近导致双翼上的蜡熔化，跌落水中丧生。——译者注

[2] 希腊神话中底比斯国王，杀死自己的父亲，并娶自己的母亲为妻。——译者注

正如所有故事一样，其背后的驱动力仍是这个戏剧中的关键问题：安娜会成为什么样的人？

阿彻和乔克斯将《五十度灰》的情节在一张图表上列出，他们发现，这本书的情节呈现出一种有趣而罕见的形状。这个形状大致对称，横跨五个高峰和四个低谷，每个高峰和低谷的间隔都很规律。这样的形状虽不寻常，却与另一本横空出世、销量高达数千万的小说惊人地相似，就是丹·布朗的《达·芬奇密码》。他们表示："这两本小说每个高峰之间的间隔大致相同，每个低谷之间的间隔大致相同，另外，峰谷之间的距离也差不多。两部小说都将这种让人欲罢不能的节奏发挥得淋漓尽致。"

所有情节设计都包含了危机、挣扎和解决问题的三幕形式。当意想不到的变化发生在当事人身上时，便会引发一场戏剧冲突，并最终得出一个结果。经常引起故事理论家争论的，是第二幕中发生的事件。但我认为，没有一种情节设计是所谓的"正确"选项。除了西方故事中基本的三幕之外，唯一一个基本的故事法则，便是故事中必须有规律地出现变化，其中大部分变化最好由主角推动，而主角也会随着故事的发展而改变。让大脑着迷的是变化。故事讲述者面临的挑战，是如何在整部小说或电影中创造出足够多出人意料的变化，从而吸引读者或观众的注意力。要想做到这一点并不容易。对我来说，不同的情节设计代表了解决复杂问题的不同方法。每一种方法都是一剂独特的配方，要想不断地推进故事，就得不断加入引人入胜的情节点和戏剧张力。

这些配方是切实有效的。但问题在于，如果一直遵循同一个配方，我们每次做出来的蛋糕都会是一样的。或许，在对待情节上，一种更为天马行空的方式是将其视为一场变幻莫测的交响乐。所有明显的动作和戏剧冲突都在表层的因果关系中展开。在第二层，角色会发生出乎意料且意义重大的变化。[①] 除了人物自身的改变外，还有许多东西都会发生改变：人物对自身以及自身的处境、目标以及实现目标的计划、角色对他人关系的理解、读者对人物的认知以及发生事件的感受、配角以及更次一级的人物。信息的鸿沟或许被打开，激发我们的好奇心，然后再关闭，然后如此往复。一段震撼人心、引人入胜的情节是变化多端的，在许多层面上和谐推进，每一个新的变化，都会将彼此交织的角色无情地推向最终的结局。

　　变化的形式和时机是带有创造性的决策，一定程度而言取决于所讲故事的类型。例如，警察刑侦剧在很大程度上取决于读者对案情真相的理解，这种理解往往会跟随着探长获取的信息变化，宛若动人心弦而难以捉摸的"舞蹈"。这是一种对信息鸿沟变化的巧妙利用，我们的好奇心在整个第二幕中受到激发和挑逗，并最终得到满足。在《长日将尽》中，大部分的变

---

① 对于角色变化的本质，故事分析师说法各一。有人认为主角改变了自己的本质，也有人认为是主角之前被隐藏的部分暴露了出来。这两种想法都有道理。当角色发生改变时，他们会迫使一个更好的潜意识自我模式成为主导，在此过程中，使得生成这一自我的大脑神经网络得到巩固，从而让这个自我能有机会赢得最终控制角色行为的大脑神经辩论。通过这一方式，角色拓展了自己的身份，以核心人格为中心，获得了更大的灵活性，从而拥有了掌控人类世界的更加多样的工具。为了简单起见，我们将重点放在单个主角的改变历程上。而更理想的情况是，故事中所有的重要角色都经历了变化，只是方式可能受制于主角。每个角色都应回答这个涉及潜意识的问题，直到关于他们的剧情完整结束。所有的角色都在不断变化，这些变化或许不呈线性，而是来回和上下移动。无论如何，变化是永不停息的。令人身临其境的情节犹如一部精密而壮丽的变化交响乐，这是因为，大脑为变化而着迷。

化则以读者对史蒂文斯的认知呈现，主要通过闪回的方式，将这位角色身上的特质和底色（大多是暗色）逐渐丰富起来。

如果说第二种形式的变化（闪回）更加深刻而令人难忘，那是因为这种变化与戏剧中的关键问题有着更加直接的联系。史蒂文斯是谁？会成为怎样的人？只要石黑一雄没写完最后一页，答案就一直在变。

# 最终一战　战胜恶龙<br>才能拿到金子

情节的作用就是不断提出那个戏剧中的关键问题。具体的方法，就是反复挑战并逐渐打破主角关于自己的身份和世界运转模式所建立的模型。要做到这一点，需要有压力的推动。这些模式坚不可破，直指角色身份的核心。要想让这些模式崩塌，主角需要投身于剧情之中。只有通过主动采取行动并勇敢面对外部世界的挑战和刺激，这些核心机制才能被打破和重建。神经学家博·洛托（Beau Lotto）教授认为："主动采取行动不仅重要，从神经学角度而言，也十分必要。"唯有如此，我们才能成长。

数据科学家戴维·鲁滨逊（David Robinson）对包括书籍、电影、电视剧和电子游戏在内的 11.2 万个故事进行了分析，从海量的资料中，他的算法总结出一个普遍的故事模型。鲁滨逊是这样描述这个模型的："事情先是越来越糟，又在最后一刻出现好转。"我们可以从他发现的这种模式中看到，许多故事在结局之前都会出现一个转折点，主人公会在这个转折点上经受一些意义深远的考验。在最后的决定性时刻，戏剧中的关键问题摆在主人公的面前。这个关键时刻，会为他们带来改头换面的机会。

在典型的故事中，尤其是在童话、神话和好莱坞电影里，这一事件通常以某种关乎生死的挑战或战斗的形式出现，需要主角直面自己最深的恐惧。这象征着故事的第二层，也就是潜意识层面所发生的事情。戏剧事件的目的，在于撼动主角的身份内核，因此，主角需要做出的改变恰恰是最难也是他们最不想面对的。主角需要打破的带有缺陷的模式根深蒂固，需要用一种近乎超自然的力量和勇气才能改变。

心理学家、故事理论家乔丹·彼得森（Jordan Peterson）教授提到了一个神话中的比喻，即英雄要与一条内含宝藏的恶龙进行最后一战："直面恶龙，是为了得到它能给你的东西。这或许非常危险，会把你逼到极限。但如果没有恶龙，你就拿不到金子。这种想法非常非常奇怪，但似乎又很准确。"

那块金子便是接受一生之战的奖赏。而要想得到那笔奖赏，你必须对戏剧中的关键问题给出正确的答案："我要成为更好的人。"

# 上帝时刻 大脑让我们感觉失控，
## 却不必置身于危险之中

一段故事如何收尾？如果故事的本质在于变化，那么当变化最终停止时，故事也就自然结束了。从爆点开始，主角就一直在为重新控制外部世界而奋斗。如果故事是幸福的结局，那么过程就是成功的。主角的大脑关于外部世界的模型和控制理论会得到更新和改进，混乱最终得到平息。

正如我们在上文中看到的，控制是大脑的终极任务。自以为是的认知，总想让我们感觉自己比实际拥有更多的掌控权。在一项实验中，面对一台随机发放奖励的机器，研究参与者会用机器的控制杆创造出复杂的程序，认为自己能够操控机器发放奖励的时机。另一项测试发现，只要被告知能够自行随时停止电击，受到电击的参与者就能承受更大的疼痛。而相比之下，随机和不可控的电击却会导致心理和生理承受力的下降。

丧失了控制感，我们便不再将自己视为能够主动采取行动的主人公，这会导致焦虑、抑郁甚至更糟的情绪。为了避免这种情况的发生，大脑便通过精彩、圆滑而简单的故事塑造我们的英雄形象。心理学家蒂莫西·威尔逊教授写道："幸福感的一个关键因素，在于我们对发生在身上的事情及其原因的理解。"快乐的人会用十分治愈的方式讲述自己的故事，解释不好的事情发生的原因，并对未来满怀希望。那些"感觉能够掌控自己的生活、拥有自己选择的目标并朝着这些目标前进的人，要比那些自认做不到这些的人幸福感更高。"

　　大脑热爱控制，控制是大脑的乐土，为了实现这一目的，大脑时刻都在努力前进。在全世界最精彩的那些故事中，掌控力是主角的核心特质，这当然不是巧合。大多数宗教传奇的主角是"神"。神无所不能、无所不知，能够洞悉过去，预测未来，可以畅通无阻地知晓每个人心中最私密的闲言碎语。

　　原型故事的结局之所以给人如此大的满足感，原因就在于我们对控制的渴望。在《洛丽塔》这样的悲剧中，主人公对那个戏剧关键问题的答案，就是坚决不愿成为一个更好的人。这些主人公不但不去找到并改正自己的缺点，反而选择越陷越深。这便导致他们从行为上进入了一种捍卫既成模型的恶性循环，使其逐渐失去对外部世界的控制，最终不可避免地被羞辱、排挤甚至死亡。这样的结尾向读者传递了一个让他们深感高兴的信号，即神圣的正义确实存在，而且是无法回避的，混乱之中，终有控制。

　　拉斯·提尔的《黑暗中的舞者》等故事利用了我们对控制周遭世界与生俱来的强烈欲望，刻意而残忍地不予满足。当移民塞尔玛·杰茨科瓦的钱被自私的警察偷走时，无私的她试图重建对外部世界的控制，却导致自己进一步陷入混乱之中。故事以她在监狱里上吊而死告终，这并不是观众想要看到的结局。提尔拒绝满足我们对于正义和重获控制的欲望，让观众陷入绝望之境。通过这种方式，他成功而有力地对美国对待弱势群体的方式进行了政治抨击。

　　在达米恩·查泽雷（Damien Chazelle）执导的电影《爱乐之城》中，结局既满足也颠覆了我们对控制的需求。这部浪漫喜剧讲述了两位主人公的故事，其中一位渴望成为知名女演员，另一位则想要成为备受赞誉的爵士音乐家。当故事向两人提出戏剧中的关键问题时，他们最终选择了各自的抱负，而不是彼此。在这个扣人心弦的结局中，我们为他们的梦想成真而欢欣，但同时也因他们在过程中失去了彼此而扼腕。这个结尾之所以成功，是因为戏剧中的关键问题得到了清晰的回答，与人物性格契合，但却让观众沉浸在苦甜参半的爱怜与渴望之中。观众获得了控制权，同时也失去了控制权。

管家史蒂文斯的故事结尾用隐晦但坚决的方式向我们承诺，他对现实的控制方式一定会有所转变。在石黑一雄的《长日将尽》中，悠长的闪回让我们看到，他的坚持不仅让情绪克制的意义打了折扣，而且对前雇主达林顿勋爵造成了消极影响。在前往康沃尔与前管家肯顿小姐见面的路途中，史蒂文斯内心的世界模型受到了种种打击，但他仍然选择固执谨守。

两人终于重逢时，肯顿小姐自己承认曾经爱过他。听到她的表白，史蒂文斯向读者坦露心声，说他的心都碎了。可是，尽管肯顿已是热泪盈眶，但他还是没能亲口说出自己的感受。他的世界模型以及控制理论认为，除了情绪克制的尊严，任何情感的表露都会招致混乱。这是他无论如何也做不到的。

在故事的结尾，史蒂文斯来到韦茅斯码头，长日将尽，人群聚集，他等着看电灯亮起。终于，史蒂文斯承认自己对达林顿勋爵的看法是错误的，他的确犯下了错误。他反省道，仆人的地位要求他对达林顿所选择的任何世界观忠心服从。"这有什么尊严可言呢？"他自问。

　　过了一会儿，他惊讶地发现，在他身后聊天的人不是朋友或家人，而是聚在一起看灯的陌生人。他说："人们能彼此建立起这样的温情，真是太神奇了。"在琢磨这一切是怎么发生时，他得出结论，认为这可能是出于他的美国新雇主爱用的"打趣的技巧"，也就是他已经放弃了尝试的技巧。他这样说道："或许现在，我真的应该用更积极的态度看待打趣这件事了。想想看，如果打趣是人类之间温情的关键，那么纵容自己说些插科打诨的话也不是一件完全不可理喻的事。"

　　在书的最后几页，史蒂文斯承诺要进行改变，这对其他人来说或许微不足道，但对他而言则无异于与恶龙厮杀。史蒂文斯认识到，他心中的世界模型是错误的，故事暗示，他将会越来越能够掌控外部世界，而这一转变也会带来珍贵的回报，让作为读者的我们沉浸在欢欣鼓舞之中，因为他的故事最终以美好的结局收场。

　　在肯·克西（Ken Kesey）的小说《飞越疯人院》的结尾段落中，我们可以看到一个典型的幸福结局。小说的背景设定在 20 世纪 50 年代的一家精神病院，由美国原住民病人布罗姆登酋长叙述，与 B 先生[1]一样，他的世界模型也带有病态妄想的色彩。

　　在我们初遇布罗姆登酋长时，他相信现实是由一种神奇的隐藏机制控制的，并称之为"联合机制"。他的控制理论认为，自己完全不具备控制权。布罗姆登不说话，只是在角落里来回扫视、不停聆听。他对世界的模

---

[1] 详见本书第 53 页。——编者注

型受到了挑战，并因魅力超凡、桀骜不驯的麦克墨菲的到来得到重建，最后，麦克墨菲被残忍地切除了额叶。在故事的结尾，布罗姆登出于悲悯对帮助他康复的朋友实施了安乐死，然后，他把沉重的控制台从地板扯了下来，打开窗户，纵身一跃投入漫天月光之中，留给我们一句话："我离开太久了。"

回到故事开头，布罗姆登似乎又住进了精神病院，可能是因为擅自逃离，也可能是旧病复发。但故事之所以在这里收尾，是因为在这个幸福而短暂的瞬间，布罗姆登在两个层面上完全掌控了故事：一是故事情节的外部世界，一是他自身的内部世界。在这个喜悦而完美的时刻，他把控了一切，最终化身为神。

完美的原型结局以"上帝时刻"的形式呈现，因为它让我们确信，尽管生活充满了混乱、悲伤和挣扎，但仍有人能够控制它。对于讲故事的大脑而言，没有比这更让人安心的信息了。我们的心从第一幕开始就被紧紧揪着，随着剧情的发展起起伏伏，最终被放回堪称最美好的地方。心理学家罗伊·鲍迈斯特（Roy Baumeister）教授认为："生活是一种渴望稳定的变化。"故事是一种游戏，让我们感觉失控，但又不至于危险。故事是一辆过山车，只是并非由斜坡、轨道和钢轮所组成，而是由爱、希望、恐惧、好奇、权力之争、意想不到的变化和道德义愤组成的。故事是一台惊险的游乐设施，让我们在控制之中时起时落。

## 意识拟像　叙事传输所造成的转变，
## 　　　　就是故事说服受众的时刻

　　用神经学家克里斯·弗里思（Chris Frith）教授的话说，置身头骨里产生的幻觉之中，感觉就像"置身世界中心却不见踪迹的演员"。我们成了所有感官的交汇点，包括视觉、听觉、嗅觉、触觉、味觉、思想、记忆和行动。这就是故事编织的幻觉。作家们创造出的，便是一种人类意识的拟像①。阅读小说的一页内容，就仿佛是从视觉观察自然地过渡至语言、思维和遥远的记忆，然后再回到视觉观察，如此循环往复。换句话说，阅读小说就是在体验人物的意识，仿佛我们成了故事中的人物。有时，这种意识的拟像如此扣人心弦，甚至会将读者的实际意识推到拟像之后。脑部扫描显示，当我们沉浸于故事中时，与自我意识相关的区域会受到抑制。

　　故事将我们送上这趟颠簸起伏的控制之旅，而我们的身体也会随着各种事件产生相应的反应：心率上升，血管扩张，皮质醇和催产素等神经化学物质活跃程度发生变化，这些都会对我们的情绪状态产生巨大的影响。我们的大脑可能会被故事讲述者模拟的世界模型所占据，甚至让我们下错车站或是忘记睡觉。心理学家将这种状态称为"传输"（transportation）②。

---

① 拟像是对人或物的再现或模仿，用来描述雕像或绘画的象征，尤其是对神的形象的再现。——译者注
② 叙事传输理论认为，当人们沉浸于故事中迷失自我时，态度和意图会随着故事发生改变，这是叙事说服效应的主要机制。——译者注

研究表明，成为"传输"的对象时，我们的理念、态度和意图很容易与故事中的道德观念相一致，而这些改变有时会持续很长一段时间。几位研究人员针对 132 项叙事传输研究进行了一项元分析报告，他们最终得出结论："研究表明，在重返现实时，被传输的'旅行者'会因旅程而发生改变。叙事传输所造成的转变，就是故事对受众的说服。"

20 世纪 60 年代，亚历山大·索尔仁尼琴（Aleksandr Solzhenitsyn）创作出小说《伊万·杰尼索维奇的一天》（*One Day in the Life of Ivan Denisovich*），使得读者看到一名普通囚犯在古拉格集中营里的经历，震惊了苏联民众。而在 19 世纪，奴隶的故事则让白人读者走进了美国南部各州被奴役人群的生活。《一个美国黑奴的自传》等书的销量达数万册，为废奴主义者提供了有力的武器，而哈丽特·比彻·斯托（Harriet Beecher Stowe）的畅销书《汤姆叔叔的小屋》更是加速了美国内战的进程。

叙事传输改变了受众，而这些受众则进一步改变了世界。

## 故事的力量　是工具，　　　　　　　更是解药

每个人都生活在异域之中。从本质而言，我们每个人都孤独地待在自己黑暗的穴室中，游荡在自己独有的神经世界里。当我们的注意力掠过事物时，每个人都会以不同的视角加以"审视"，感受到各异的激情和仇恨，

联想到别样的回忆。我们因不同的事情快乐，受不同的音乐感动，被不同的故事所"传输"。那些能通过某种方式捕捉到我们脑中的苦痛所编织的独特乐章的作家，是我们每个人一直在寻觅的。

如果说我们更喜欢与自己的背景和生活经历相似的故事讲述者，那是因为我们渴望在艺术中获取与他人的联系，这与我们在友谊和爱情中寻求的联系是一样的。女性更喜欢阅读女性创作的书，工人阶级的男性更欣赏工人阶级的声音，这一点理所当然，因为所有的故事叙述，都必须充斥着能与特定视角直接沟通的因果联系。

先来看第一句话："北卡罗来纳州互助人寿保险公司的代理人承诺，三点从梅西飞往苏必利尔湖的另一端。"[1] 对于我这个住在英国肯特郡的中年人来说，这是一句说得过去的开场白，但除了表面的事实之外，引起不了多少共鸣。但与作者托妮·莫里森（Toni Morrison）有着相似背景的读者可能知道，北卡罗来纳州互助人寿保险公司是美国最大的一家由非裔美国人所创办的公司，而且创始人曾经做过奴隶。莫里森还希望读者能感受到从北卡罗来纳来到苏必利尔湖的迁徙之感，她写道："这暗示了从南到北的旅程，也是黑人移民以及相关文学作品中常用的方向。"

但是，虽然与我们相似的人写的书富有更多的个人意义，这并不意味着我们应该固守在自己的地窖中。无须具备海量的历史或文化知识，我们

---

[1] 1977 年出版的《所罗门之歌》中开篇第一句。其中含有诸多隐喻，如"梅西"的英文"Mercy"（上帝的仁慈）、"苏必利尔湖"的英文"Lake Superior"中的"superior"（优越），苏必利尔湖的另一端所在的加拿大，以及"飞"字所代表的诸多含义等。——译者注

也能欣赏莫里森的《所罗门之歌》(*Song of Solomon*)。心理学家进行了相关研究，想要一探故事如何影响我们对群体中"其他人"的看法。其中一项研究让一组美国白人观看情景喜剧《大草原上的小清真寺》(*Little Mosque on the Prairie*)，在这部剧中，穆斯林以友好而亲切的形象出现。与对照组观看《老友记》的人相比，这组参与者在各项测试中对阿拉伯人的态度都更加积极，这种变化在一个月后的第二次测试中仍然存在。

因此，故事既是部落宣传的工具，也是部落宣传的解药。在哈珀·李的《杀死一只知更鸟》中，阿迪克斯·芬奇建议他的女儿斯库特，如果能学会一个简单的技巧，"和各种各样的人打交道就顺畅多了。你永远也不可能真正了解一个人，除非你站在他的角度考虑问题。除非你钻进他的皮肤里，像他一样走来走去。"[①] 而这，也恰恰是故事让我们能够做的事情。通过这种方式，故事也使得我们能够共情他人。对于容易在所有人心中滋生而又充满诱惑的集体仇恨，没有比故事更有效的解药了。

然而有人认为，有的时候，讲故事的人如果钻进了不同性别、种族的人物的皮肤里，则无异于一种盗窃，即挪用他人的文化，并从中不当得利。的确，运用想象力尝试通过如此创举来讲故事的人，更应该还原真相。但我并不认为他们是和平、正义和理解的敌人。相反，我担心最终进一步分化我们的，恰是那些对他们愤愤不平的人。聪明之人总能用有说服力的道德论据来捍卫自己的信仰，但在我看来，提倡将人们严格限制在各自的群体中，和黑猩猩的仇外心理没什么两样。

---

① 中译本选用哈珀·李：《杀死一只知更鸟》，李育超译，译林出版社，2017。——译者注

故事不应被这样的界限缚住手脚。如果部落思维是原罪，那么故事就是祷告。最成功的故事能够提醒人们，在诸多的差异之下，我们仍是同一物种。

## 故事的启示　直面错觉并进行修正，
## 　　　　　　　是持续一生的战斗

故事对我们的启示，在于让我们认识到自己的错觉有多离谱。要想发现大脑模型中的脆弱部分，就要倾听来自这些模型的呼喊。在变得无端情绪化和充满防备心时，我们往往会暴露出内心中最需要积极捍卫的部分。这是我们对世界的感知最为扭曲也最为纤弱的地方。直面这些错觉并进行修正，将是一场持续一生的斗争。要想接受故事的挑战并取得胜利，我们就要成为故事中的主角。

## 故事的安慰　将心灵相互联通，
## 　　　　　　　带来真理与希望

真实是故事带来的安慰。从属于一个非常热衷社交的物种所带来的诅咒在于，我们会被试图操控我们的人所包围。由于周围的每个人都在努力和睦相处、出人头地，因此，我们几乎时时受制于被人操控的风险之中。

我们的环境中充斥着温柔的谎言和虚假的微笑，其目的是让我们感到愉快，从而让我们百依百顺。为了控制他人的看法，人们努力掩饰自己的罪恶、失败和苦痛。人类的社会性可能会麻木我们的感知。我们会感到寂寞疏离，却不明白个中原因。只有在故事中，面具才会被真正摘下。进入他人存在缺陷的思维，其实就是在安慰自己，存在缺陷的，不仅仅是我们。

不只我们残缺不全；不只我们自相矛盾；不只我们会迷茫无措；不只我们有阴暗的想法和痛苦的悔恨、有时还会被可憎的自我所操控；担惊受怕的，也不只我们。故事的魔力，在于能以一种连爱也无法比拟的方式将心灵相互联通起来。故事带给我们的礼物是希望，原来，在那头骨构成的阴暗穴室之中，我们并非孑然一人。

## 神圣缺陷切入法

这是一种我从 2014 年起主要通过写作课开发出的技巧。这种技巧尝试将讲故事科学的基本原则融入一种循序渐进的实用方法，从而创造出动人而新颖的故事。

之所以称之为"方法"，因为这是一系列的练习，当你刚开始尝试写作时就可以进行这些练习。其基本理念，就是如大脑打造自我一样创造一位主角，这位主角具有令人着迷的古怪性格和带有创伤的过去。通过一系列相对浅显易懂的步骤，我们可以努力发掘出新颖有趣的人物，并在人物的周围发掘出一众迷人而重要的次要人物。在此过程中，我介绍了一些众所周知且广受欢迎的写作练习，你们可能已经知道这些练习。

　　在使用神圣缺陷切入法时，需要牢记几个要点。首先，我并没有在暗示这是创造故事的唯一途径，它只是一种上过我课的学生认为有用的方法。第二，这种方法无须严格遵守。框架中的某些部分，也许不适合或无关乎你所创作的具体作品的需求。当创作进行到一定程度时，你或许会不再需要这个方法。这只是一种帮助你朝着正确方向思考的指南。能够派上用场，才是唯一重要的。

　　这种方法的重点在于人物，因为对我来说，人物是所有故事讲述者真正开始创作的起点。无论你创作的是艺术影片还是情节紧凑的类型小说，人物的塑造都是必不可少的。如果你热爱惊悚、言情或是动作冒险故事，那就显然要将情节做得紧凑、有效和巧妙。但如果忽视人物，人物就有可能落入俗套。在生活中，我们的故事源于我们自身是什么样的人。构成我们日常生活中的故事的，正是我们主动做出的那些决定。这些决定反映出我们的性格，即我们的价值观、缺点、个性和目标。通过这种方式，我们的性格体现在了生活之中。生活中如此，故事中也应如此。

## 神圣

　　研究讲故事的大脑时，我有幸对著名心理学家乔纳森·海特教授进行了采访。他向我传授了一条令我铭记至今的信息："跟随神圣。找出人们奉为神圣的东西，环顾四周，你就会发现荒谬早已泛滥肆虐。"

　　荒谬泛滥！这正是讲故事的我们应该在人物身上寻找的东西。要想改变，我们的主角一开始就得是有缺点的人。当我们在第一幕中第一次看到他们时，他们应该沉浸在由泛滥的荒谬所构筑的现实中，却没有真正意识到这一点。这并不是说他们应该笃信地球是一棵画出的花椰菜，或是认为在放袜子的抽屉里住着吸血鬼。他们不是那种无可救药的疯子，而是疯得恰到好处，你在日常生活中可能会遇到这样的人，他们固守着某种对他们有一定损害的信念或行为，自己却丝毫没有意识到。

为了找出人物的荒谬之处，我们需要探求出他们奉为神圣的东西。从很大程度上来说，我们奉为神圣的，正是那些能够定义我们的东西。我认为，这就是解开人物真实一面的秘诀所在。当别人想到我们的时候，比如被问及我们是什么样的人时，首先浮现在脑海中的，可能是我们奉为神圣的信仰。他们就会那样向陌生人介绍我们。由于"泛滥的荒谬"源于神圣，神圣也可能成为造成痛苦、错误和焦虑的源头。这，就是构成故事的原料。我们要寻找的，就是这样的东西。

一个虚构角色的"神圣缺陷"，就是他们奉为神圣之物的缺陷。在《长日将尽》中，管家史蒂文斯将英格兰人克制情绪的尊严奉为神圣。这是他在第一幕中与我们初遇时的样子。在《公民凯恩》刚开始的时候，我们看到，查尔斯·凯恩将自己是普通人的无私战士这个想法奉为神圣，这个错误的信念，推动了他后面的发展。同样，在《阿拉伯的劳伦斯》刚开场的一系列场景中，劳伦斯将自己是个非凡之人的信念奉为神圣，然后，观众便被这种非理性信念所带来的后续所深深吸引。

这些错误的信念被植入了人物对于现实构建的神经模型中，遮蔽了他们的双眼，定义了他们的身份。而故事的作用，便是反复挑战并最终打破这些神圣的信念。这，就是故事的目的，也是故事引人入胜的原因。

《公民凯恩》和《阿拉伯的劳伦斯》的例子让我们看到，神圣的缺陷不一定要在故事开始时就完全体现。但不要忘记，当我们初遇这些主人公时，他们身上仍然带着过去留下的不良影响，比如凯恩的童年创伤，以及劳伦斯那骄傲而叛逆的虚荣心。由于主人公的性格特征，当故事事件向他们袭来的时候，这些缺陷会不可避免地迅速蔓延，并控制他们的思想。此外，由于这两个故事都属悲剧，因此在故事里占中心地位的并不是缺陷被纠正的过程，而是加深缺陷的过程。如果想要打造一个更幸福的结局，那么读者可能在故事的第一页就会遇到一位缺陷更加明显的人物，并会在人物逐渐摸索着进行自我疗愈的过程中为他们加油鼓劲。

为了进行这项练习，我们就来尝试着用这种模式写作：在故事的第一页，主角被其奉为神圣的缺陷所控制。原因在于，这样的设置往往能营造出更具戏剧张力的开端。然而，你大可尽早展开故事，尤其是在营造悲剧主题时。但请切记，在与读者相遇时，你的人物仍需要被一种具体且有目的性的方式打破自己原先的认识。人物的缺陷会因为被加剧而发展成某种有害的非理性的东西。

如此说来，我们的任务就是找到主角奉为神圣的缺陷。找准之后，我们便需要围绕人物打造出其生活和性格。我们需要想清楚这个缺陷对人物造成了什么影响。缺陷对人物的家庭、感情和工作生活造成了什么后果？固守缺陷带来了什么好处？又造成了多少损失？这样一来，我们便可以围绕这个微小的缺陷构建出整个世界。这，就是我们故事中的世界。

## 无惧重写

在我教过的每一堂课上，通常都会有一两位写作的人礼貌地拒绝使用这种方法。在共同深挖的过程中，我有时会感觉，问题在于这些创作故事的人已经深深爱上了自己的主角。他们与这些人物共同生活了几个月甚至几年时间，经历了一次次的创作和改写，他们不想为人物下严格的定义，因为这些人物身上汇集了形形色色、五花八门的特征，简直堪称精妙绝伦！给人物安插任何的缺陷，都是作者们最不愿意做的事情。

我怀疑，让一些学生止步不前的秘密，或许是因为这些人物就是他们自己。修改得越多，这些人物就会离作者本人越远。虽然听起来有点不可思议，但这个过程会给作者们带来一些情感上的痛苦，几乎好像痛失亲友一般。然而，他们必须忍受这种痛苦。如果不克服这种心理，这个问题会对作者的创造力造成致命的打击。讲故事的人需要拿出勇气和果决，必须对人物做出艰难而清晰的决定，即使这些决定不在文字上明确凸显。在这些故事中，支撑每个扣人心弦的场景的，都是那个戏剧中的关键问题：这个角色到底是什么样的人？如果连作者自己都不清楚，读者便很可能会有所察觉，并因此感到困惑、焦虑，最终失去兴趣。

一个更深一层的问题在于，仅仅以严格定义某个缺陷作为起点，会给人一种过于简单化的感觉。这种方法最初的几个步骤，几乎像是在给卡通人物画像。但是，以明确的具体缺陷作为起点其实非常有用。我一次又一次地发现这个看似矛盾的事实：对神圣缺陷的定义越是严格，从中爆发出来的角色就越是复杂和独特。

最后一个会在实操中出现的问题是，一些讲故事的人不愿将注意力集中在人物身上，因为他们的灵感和讲故事的激情的源头根本不在于某个人物。如果不从人物出发，切入故事的方法主要有三种：背景、设想以及论点。

## 背景

来看看可行的背景：科学家找到了长生不老的方法，地球上人满为患。看起来，这个背景可以作为某部高成本电视剧的基础。但这不是故事，而是故事的背景。问题在于，编剧会觉得自己主要的创作任务已经完成，他们想出了一个黑暗迷人的背景，只需在其中添加一些刺激的场景就行。于是，他们往里安排了一位死气沉沉的警察，一个咄咄逼人的妓女，一位胆识过人但饱受非议的政治家，并动用了一组十分酷炫的电脑合成摇镜，展示这人满为患的大都市中雾蒙蒙的夜晚。

然而，这些素材都不精彩。想要摆脱俗套，具体性必不可少。在这个没有死亡的世界，有哪个具体部分是我们能够放大的？比如，这对地球的资源造成了怎样的影响？这个世界是不是一个极度不平等的地方？是不是只有富人才能吃到新鲜食物、悠然看海呢？这或许是一个值得继续往下思考的有趣线索。抑或，我们也可以想一想那些虽然拥有长生不老药但仍然想要一死了之的人。那么这个世界中应该存在着一个蓬勃发展的安乐死产业。除此之外，还有一系列周边产业。如果有一个天堂岛，可供厌倦生活的人在生命的最后一周实现自己最疯狂的梦想，这个世界会怎样？在这样一个世界，会上演一出怎样光怪陆离的人间戏剧？也许，故事的重点可以涉及两代人之间的斗争，让持有两百年政治观点的两百岁人类与激进的新一代相对抗？

抑或，有这样一位叛逆的科学家，一心想让地球免受人类肆虐增长的危害，我们的故事能不能跟随这个人的足迹？这个人是否想要毁灭长生不老的秘方？故事中正义无私的英雄竟然想要杀死全人类，这或许能够作为一种有趣的反转。不消说，这位主角一定会因此计划经历了剧烈的内心挣扎。

就这样，故事已经具备雏形，我们就选科学家这个设定，我立马就能勾勒出她的样子。她是一位长相出众、胆识超人、自信勇敢的生物学家，独自生活，钟爱喝酒，与体制抗衡。你是不是已经感觉到无聊了？我们仍没有摆脱陈词滥调。要想避免这点，唯一的方法就是确定这个人的性格以及受过怎样的伤害，从而推出故事情节应为她量身打造怎样的斗争。

## 设想

如果一个世界级的名人与自己的替身互换身份，会发生什么故事？出于某种原因，他决定逃离好莱坞，躲到当地的一个小镇里。也许是为了躲避丑闻。也许是因为他从一位婶母那里继承了这座偏僻小镇的一间公寓，而这里恰是唯一一个不会有人找到他藏身之处的地方。镇上没有人会想到能在这个地方见到他。来镇上的第一天，他遇到了一位满面愁容的公司老板，对方发现他看起来有点像那位演员。在最后关头，这位老板说服演员接下了一份当晚聚会上的工作，在女子单身派对上提供免费的龙舌兰酒。

　　对于一部黑色喜剧或普通喜剧来说，这是一个合理的设想。我马上就能想象出主角的样子。他虽然已过巅峰年纪，但仍然英气逼人，他愤世嫉俗、待人冷漠，但内心深处仍保留着可爱的温情。打第一份工的时候，他发现公众对他非常厌恶，这让他感到非常吃惊。要想疗愈自己，他就要与现实生活中的普通人重新建立联系。不久前，他刚在好莱坞与一个颐指气使、骨瘦如柴的女明星订了婚。谁知，古灵精怪的酒吧女招待瑟琳娜走进了他的人生。她的车是一辆七零八落的老款 MINI，她的头发有一部分染成了粉色。你们觉得无聊了吗？我们又一次被老套的剧情所淹没。若不深挖主角的独特个性，我们怎能将这个设想拓展成一段给人感动惊喜并且言之有物的故事？

## 论点

　　越来越多的作家会在故事中塑造出对世界上某件时事愤愤不平的人物，这些作家想以人们眼中的某个社会问题作为创作的主题。比方说，你对美国的医疗体系极其不满，因此决定创作奥利弗·斯通（Oliver Stone）担任导演和编剧的《华尔街》（*Wall Street*）的医疗版。影片的主角哄抬基础药物的价格，是个戈登·盖科（Gordon Gekko）①式的人物。这都没问题。但风险在于，如果不为塑造人物做好必要的铺垫，那么最终写出的故事，真的只是"奥利弗·斯通《华尔街》的医疗版"。

无论你的灵感来自哪里，也不管你想写什么样的故事，我相信，回归人物本身都不会有任何害处。归根结底，所有故事讲述的都是人们的改变过程，而你的故事也会因为设置了恰到好处的主角和重要角色而增色不少，这些人都具有足够的潜力，能够实现自己的蜕变。

## 爆点（见第 2 章）

我们的第一项任务，就是铺设好从开头发展到爆点的情节。这是故事中神奇的时刻，能让读者一下子沉浸于故事之中。当故事进行到这一段时，读者突然提起兴趣，充满了紧张、期待和兴奋。当合适的事情发生在合适的人物身上时，我们能感到，一个意想不到的变化已然发生，无论这变化有多么微不足道，都足以切中角色最深层的缺陷。这时，爆点就会被触发。这个事件刺激了角色，角色以意外而独特的方式作出回应，从而让读者意识到，有什么不寻常的事情即将发生。这个事件促使角色采取行动，将其带入情节之中。

如果你是从零开始，那就拿一张白纸，将可能发生的意外变化写下来。

---

① 电影《华尔街》及 2010 年续集中的反派，已成为流行文化中贪婪的象征。——译者注

即使是一个普通的日常事件，也可能造就神奇或令人始料未及的效果。你可以随意选择一个事件作为开端。写完后，重读你所列下的事件，在每一个事件旁边简单描述该事件最适合发生的对象。这个事件应是第一波涟漪，并将最终形成一股足以彻底颠覆当事人观念的洪流。关键的问题在于，我们为什么要让这件事发生在这个人身上？这件事为何会成为最终打破此人身份的连锁事件的开端？

在以背景、设想或论点作为切入点时，请回归到具体的人物身上，并将人物与某个特定事件匹配在一起。这个人物大概是个怎样的人？将什么缺陷奉为神圣？让我们来看一看，在以论点作为切入点时该如何运用这一方法。你可以选择以这样一个论点作为构建故事的基础：战争会使人沦为恶魔。这就是《阿拉伯的劳伦斯》的故事。哪种人物最容易被战争和暴力刺激？也就是说，谁最有可能在心理上被战争颠覆？这或许是一个有自恋倾向、自以为是的人。此人或许生性叛逆，不喜欢服从命令。这，就是这部电影的主角 T. E. 劳伦斯。他极容易受到自己所处环境的影响。当情节和人物结合在一起时，就能擦出火花。第一次遇到暴力冲突时，劳伦斯对杀手进行了责骂和侮辱，这种回应方式非常独特。这种反常的反应向我们表明，有趣的事情即将在我们面前展开。这，就是爆点。

如果你正在列举故事中的变化，但愿其中之一能以你觉得最有趣的方式将变化和人物结合在一起。如果这个变化能让你看到一丝前景，撩动你的一线兴趣，你的脑中甚至能闪过一些模糊的场景，那么就选它了。

不要想着第一次就成功，这种好事是不会发生的。从现在开始，我希望你能进入一个不断修改和完善的过程。你对主角有一个非常粗略的概念。你对构成爆点的意外变化有一个非常模糊的构思。这些想法，都应该随着你对人物的深入挖掘而不断发展。越是了解你的人物，你就越能精细地打造出变化事件。变化事件越具体，你就越能完善人物，使之与事件匹配，二者相辅相成。

## 创伤起源（见第 3 章）

如此一来，我们有了故事开头的大致轮廓，但仍在和大纲作斗争。现在，是时候深入细节，弄清主角是什么样的人了。我们身上的缺陷，通常起源于人生前 20 年发生的事情。当时的大脑仍处于高度可塑的状态，对世界的神经模型仍在形成过程中。这些创伤性经历被植入了我们的大脑结构，也因此融入了我们的身体。我们将这些经历内化，使得这些经历也成了我们的一部分。

在许多故事中的某一时刻，主角会向另一个人物透露造成自己创伤的起源，或者，我们会在闪回中看到这些创伤的起源，从而立即对人物有更深的了解。虽然将这些场景加入故事之中并非硬性要求，但我认为，作者必须时刻对这些创伤心中有数。要想做到这一点，作者就要构思造成人物缺点的创伤发生的具体时刻。不仅要设计出导致人物产生这种缺点的场景，而且要写得完整，细致到人物、环境和对话。

充分想象出造成创伤的时刻，你的角色便会开始在脑海中活跃起来。

203

你仿佛已经可以听到角色第一次尝试呼吸的声音了。从现在起，你开始摆脱老套了。充分构想场景能够推动你进行具体的思考，而不是简单地用"她被父亲家暴"或"他的母亲不爱他"来应付。这是一个实实在在、有血有肉的事件，结果也应极尽翔实。

这个时刻造成的创伤并非一定要显而易见。《长日将尽》中的管家史蒂文斯的创伤，来源于他的父亲超常的情绪克制能力以及因此取得的成就。《消失的爱人》中的艾米·邓恩的创伤，是因为父母的畅销儿童书《小魔女艾米》让她相信，"只有摆出一副完美而了不起的样子，人们才会爱我"，但小说中没有给出具体的事件。当然，这种时刻也很可能充斥着伤痛。正如我们探讨过的，由于人类的部落进化，被排斥和羞辱的经历能够对人类造成巨大的伤害。也许，角色创伤的根源就埋藏于明显感受到排斥和羞辱的某一时刻？

设计出场景之后，你便可以更加精确地设计出人物的缺点了。这件事到底给人物灌输了什么样的理念？造成了怎样具有破坏性的想法？构思人物缺点的方法有很多，但从本质来说，被人物奉为神圣的缺点，应是对自己和人类世界运作机制的误解。你可以尝试将这种缺点用下面的句式之一写出来：

· 只有……的时候，我才是安全的。

· 人们只会在我……的时候才会爱我。

· 我有一个绝不能让任何人知道的秘密，那就是……

· 我生活中最重要的事情，就是……

·他人的可憎之处，莫过于……

或者，这个缺点也可以是这些情况的变体。关键在于，这应该是一个具体的缺点，会在未来对人物与他人的互动造成严重的后果。这种被奉为神圣的信念是一粒种子，让人物存在缺点的性格从中生根发芽。面对触发故事的意外变化，人物之所以会通过独特的方式处理，根源也在于此。

## 个性（见第 2 章）

在这个阶段，我们还应该考虑到角色的性格类型。应当思考，当把角色及其缺陷用五大性格特质加以分类，结果属于哪个类型？

## 确认偏差（见第 2 章）

现在，我们要开始将这个缺点打造成一种人物和生活。这意味着让人物将缺点内化，但完全不将之视为缺点。我们要模拟大脑进行内化的过程。造成原始创伤的时刻以及因其产生的世界观已经成形。在下一步，人物需要看到有力的证据，验证他们的理念是正确的。我们在生活中拥有偏见，这意味着我们倾向于在环境中寻找证据，去证实自己潜意识认定的理念。现在，让我们来勾勒出一个确认缺点的时刻。

也就是说，我们要详细描写一个确认缺陷造成重大影响的场景。人物身上发生了一些事情，让他们确信这个存在缺陷的信念没有漏洞，反而真实可信。这应该是人物年轻时生命中的一个关键时刻，也为我们提供了机会，将人物带向我们已经设计好的爆点。我们对人物的第一印象，就是人物在爆点出现时的样子，他身处具体的时间和地点，或许做着一份特定的工作。在勾勒这些塑造人格的关键节点的同时，你应该让人物做好踏上改变之路的准备。

这个场景中，应该充斥着一些危险。一定有什么利害攸关的因素，人物也应该在其中起着积极作用。在受到重大挑战时，他们需要用这种存在缺点的信念指导自己的行为，并达到目的。这个关键事件让人物认为或至少能够说服自己彻底相信，这个存在缺陷的信念是正确的。不但正确，而且是他们想象中一个人能够拥有的最正确的信念。在他们看来，这是决定他们今后行为方式的关键，现在如此，今后亦然。

从这一刻开始，他们将存在缺陷的信念奉为神圣。这种信念成为他们在人类体验中审视自我的方式，成了他们掌控世界的钥匙。

## 英雄创造者（见第 2 章）

大脑是英雄的创造者。无论我们的错误有多么离谱，大脑都能诱使我们相信自己是正确的。神圣缺陷切入法的下一阶段是让人物定形，将缺陷深深嵌入他们的神经模型中，让人物基于自己的缺陷做出决定，并因此受到权威的挑战，从而陷入麻烦之中。这权威或许是警察，或许是师长，也可以是恋人，只要恋人在反驳时具有足够的挑战性，从而使角色陷入不得不努力保护自己来捍卫神圣缺陷的境地。不要忘了，大脑可以通过各种方式让我们觉得自己英勇崇高：

· 大脑让我们感觉自己道德高尚。
· 大脑让我们将自己视为地位较低的大卫，受到更强大的歌利亚的威胁。
· 大脑让我们相信自己理应得到更高的地位。
· 大脑让我们相信自己是无私的，而敌人是自私的。

同样，我们也可以将这种冲突作为推动人物走向爆点的机会，由这个神奇时刻发生的事件，会触发人物采取行动。将这个事件设计为人物背景故事中的关键点。这是一段塑造人格的经历，从一定程度上解释了我们在第一幕初遇的人物为什么是那个样子的。

正如我们之前练习过的，充分想象场景至关重要。把场景详细写出来。你要做的是融入人物及其缺陷之中，以至于在帮人物的愚蠢决定辩护时也振振有词，甚至能把自己说服。我们看到，被人物奉为神圣的缺陷占据了他们的身心，控制着他们的决定和行动。这种缺陷已经融为人物身份的核心，让他们不惜一切奋起捍卫。

## 视角（见第 2 章）

试着重写第 2 章詹姆斯·鲍德温的文章，但要从你的人物的视角去写。

你的人物回到了 20 世纪 50 年代，走进哈莱姆区一家爵士俱乐部。人物会有什么样的体验？会关注环境中的哪些细节？脑中塑造英雄的声音说了什么以至于让你的人物感到害怕或受到威胁？或许有谁对人物发起了直接的挑战？面对这些感受，你的人物会有怎样的内心独白？会如何平复自己的心情？又会采取怎样的行动？

这就是我们要在你的故事第一页见到的人物。在我看来，如果想要立刻让编辑或制片人相信你是讲故事的好手，最好的方法就是将有血有肉的人物赫然呈现在他们眼前。

## 控制理论（见第 2 章）

到目前为止，希望你对自己的人物已经有了充分的了解，从而对其控制理论也有了深刻的了解。所谓控制理论，就是人物的大脑为获取渴望从人类世界得到的东西而采取的整体策略。控制理论是人物的缺点、个性和生活经验的总和，而这些，都是你在之前的场景中就应该勾画出来的。除此之外，控制理论也是人物应对日常生活和他人带来的挑战时惯用的方式。

现在，是时候把人物带到故事展开且充满魔力的爆点了。人物的控制理论以及作为其控制理论基础的神圣缺陷，将会构建专属于人物的独特生活。控制理论会引导人物踏上一段特定的旅程，赋予他们一份特定的工作和一段特定的恋爱史，让他们置身特定社区中的一个特定家庭，连前门的颜色和新旧程度也是特定的。人物具有特定的价值观，拥有特定的朋友和敌人。而具体细节，则需要我们来想象。

假设我们要把童书《管闲事先生》改编成一部三小时的传记片。他奉为神圣的信念应该是这样的："只有把别人的事情都搞清楚，我才安全。"这个缺陷会让他拥有一份怎样的事业呢？他或许是达官显贵家里的清洁工，或许是一名社工。又或许，他的职业是对有意收养孩子的父母进行评分，由于原始创伤，他对这份工作太过认真，对候选人的背景刨根问底，因此惹上了不少麻烦。

不要忘记，至少在人物自己看来，被奉为神圣的缺陷在这个阶段整体来说是有益的。因此，你可以思考以下这些问题：

· 人物是如何因这个缺陷获得自己的地位的？这个缺陷如何赋予角色优越感，又是如何给角色带来职业上的声誉的？虽然听上去让人匪夷所思，但即便你的人物地位极低甚至自卑怯懦，这种缺陷也会让人物感觉自己在某些方面优于别人。如果人物真的认为自己毫无价值，觉得自己最珍视的理念并不重要，这样的人物可能也没什么意思。

· 人物奉为神圣的缺陷如何使其与朋友、同事或爱人产生亲近感？这些人对人物缺陷有什么看法？他们是如何助长这种缺陷的？他们如何提出质疑，又是如何应对的？

· 这种缺陷给人物带来了怎样的快乐？例如，在参加奢华舞会时，所有地位的象征都让痴迷名利、出身中产的爱玛·包法利看得如痴如醉，比如那些有钱的客人那被瓷器的青白越发衬白的阔人肤色。

然而，尽管人物可能会矢口否认，但这个缺陷也暴露出一个巨大的弱点。这个缺陷会以某种方式危害人物的生活，即使他们自己尚察觉不到。

- 如果违背自己的缺陷行事，人物担心会发生什么？在他们看来，这样做会对他们的财富和名声造成什么损失？
- 实际情况又是怎样？
- 这些缺陷为人物树立了什么样的敌人？
- 这些缺陷为人物带来了哪些潜在的风险，比如对婚姻或财物安全产生了什么威胁？

让人物在自身缺点中陷得多深，这需要你自己决定。如果陷得太深，你打造出来的或许就不是人物，而成了动画角色。然而我们也应该记住，在电影和文学作品中，那些千千万万最令人难忘、让人津津乐道的人物，也就是那些像斯克掳奇一样几乎要从屏幕或书页中呼之欲出的人物，似乎受自己的缺陷蛊惑最深。

故事的本质是变化，而最重要的变化则是发生在主角身上的。在这个阶段，你的弓向后拉得越满，叙事之箭就能飞得越远。主角越是一意孤行，读者在遇见他们时便越是兴味盎然，因为我们能够感觉到，巨大的戏剧性变化已经近在咫尺。

在这个节点上，你需要将想象力彻底放飞，试着保持一种游戏的心态，慢慢来，不要给自己太多压力。不要在白纸或空白的屏幕面前空坐着，指望靠才思把它填满。在往洗碗机里摆放碗盘或遛狗的时候，才思泉涌的概率反而更大。你要做的，就是为你的人物打造一个详尽完整、充满潜在威胁的生活。这样做，是为了把他们带到引爆故事的那个剧变时刻。

## 引爆故事

现在，让我们再次回到爆点上。你对这个爆点还满意吗？引爆点激起的部落情绪，是否会让我们对角色产生共鸣？也就是说，你的角色是否比较无私且地位较低？有没有受到更强大的歌利亚巨人的威胁？记住，这些问题的答案不必都是"是的"，关键是从中达成一种平衡。一个自私自利、地位显赫又无所不能的人物，很难引起人们的关心。

你的转折时刻是否足以触发主角的改变？对人物有了更深的了解后，你是否想对爆点进行相应的调整？切记，我们正在寻找一个与人物错误的控制理论挂钩的突发转折时刻，这个时刻应该直接切中人物最为独特和脆弱的地方。

如果你的回答是肯定的，这个时刻就会导致人物以一种不寻常的方式加以应对，这种方式或许极端，或许奇特，抑或只是一种匪夷所思的过激反应。正是由于这种不寻常的反应，读者和观众才会感觉到有什么神奇的事情已经发生，从而沉浸于故事之中。

主角的异常反应会以积极行动的形式表现出来，他们下定决心，要以一种切实可行的方式处理这种变化带来的后果。但由于变化触发了人物的缺陷，因此，人物的尝试不仅会失败，还会招致更多的混乱。如果你想让人物暂时对发生的事情视而不见，这种漠视会以某种方式招致更大的后果或是触发另一个事件，从而最终说服人物采取行动。这就是由人物驱动的情节中第一张倒下的多米诺骨牌。在此基础上，你要尝试着构建出一系列情节，其中一些情节会进一步激发人物的野心，而另一些则会对他们造成阻碍，但所有这些情节，都是因人物试图以不同的方式掌控世界而触发的。

随着故事步步深入，请记住，每一个充满戏剧冲突的场景都可能向你的人物提出戏剧中的关键问题：我要成为什么样的人？从读者的角度来看，这个问题则是：这个人是谁？这，才是你的故事的真正意义。对于主角而言，这些戏剧冲突是一场持续的考验。他们是要固守从前那个被缺点遮蔽双眼的自己，还是想要蜕变成一个全新的人？

## 以目标为导向

现在，你很可能已经做好了动笔跃入故事之中的准备。如果你仍然不确定情节的走向，让我们再仔细看看爆点的组成因素。

故事分为两个层面。其中，有发生于表层的戏剧性变化，包括了所有物理上的活动和对话。但在表层之下，人物的思想，尤其是其潜意识也在发生变化。由于这种方法以人物作为关注点，因此到目前为止，我们的注意力主要集中在意识的第二层面。如果还不清楚该把创意往哪个方向拓展，那么你很可能需要在故事的第一层多投入些时间去创作。

　　在爆点上，人物会发生一些变化，从而暴露出自身的缺陷。这种变化会引发欲望，欲望又会反过来引发某种行动。而驱动表层情节发展的，就是这一行动。因此，我们要为角色设定一个目标，供他们投身其中。这是角色要完成的使命，这个使命很可能会出现在书籍封底的情节简介中，或是成为剧本梗概的一部分。

· 目标应由爆点触发，并引发了人物的渴望。
· 目标应是人物奉为神圣的缺陷的产物。人物想要追寻的东西必须来自存在缺陷的性格内核。人物在爆点时刻做出的反应，是其性格造成的。
· 角色用错误的方法尝试实现目标，情节随之发展。

请问问自己这些问题：

· 在这个世界上，人物最想要得到的是什么？在他们眼中，什么东西能给予他们永远的快乐？
· 人物的潜意识有什么需求？当然，他们必须找出自己的缺陷并加以纠正。但是，这件事会以什么形式发生呢？也就是说，这件事会以怎样的形式呈现在故事的表层情节中呢？
· 为了让这件事发生，人物必须做些什么？
· 如果你的人物得到了最想要的东西，但他其实不需要这个东西，会发生什么？这会带来什么意想不到的问题？又会教会人物什么教训？

　　或许，你还想在故事的爆点添加更多的戏剧冲突和风险。这些冲突和风险会让你的人物做出更加失控的行为，从而渲染戏剧效果。试着将这些复杂的因素添加到故事的场景之中。

· 你添加的事件可谓给予人物崩溃的致命一击。现在，人物已然崩溃，为
什么？

· 这件事偏在今天发生，这个时机再糟糕不过了。为什么？

· 人物为了应对事件必须立即采取行动。事件带来的影响必须在未来 24
小时 /7 天 /1 个月内得到处理。为什么？

· 人物不能让任何人知道这件事对其构成致命一击的原因。为什么？

· 这个事件迫使人物不得不面对最恐惧的人。为什么？

· 有什么重要因素正面临着巨大的危机。这个重要因素是什么？为什么对
人物如此重要？

## 情节

要想创造出真正由人物驱动的情节，唯一的方法就是置身场景之中，
一个节拍接一个节拍①地考虑人物身上发生的每件事以及人物的反应。尽管
如此，你的故事仍然需要呈现出一个整体的形状。在这个阶段，阅读故事
结构书中列举的情节设计或许能让你茅塞顿开。我推荐约翰·约克的《走进
森林》、克里斯托弗·布克的《七种基本情节》（*The Seven Basic Plots*）和罗伯
特·麦基的《故事》。现在的你已经完成了角色设计，不会再让这些表面看似

---

① "节拍"为电影戏剧写作中的专用词，是戏剧中最小的叙事单元，包含明确的开始、中
间和结束。在一个节拍中，角色会追求一个简单的目标。——译者注

能够开启成功大门的魔法之匙决定故事的走向。相反，这些情节设计会被安放在合适的地方，而你则可以自由选择是否以这些情节作为路标，为故事中自我驱动的人物引导方向。

朝着明确的终点推进情节，也不失为一种好方法。想象故事的结局或许有助于创作，即便你明白，随着对角色了解的加深以及意外事件的发生，故事的结局可能会出现变化。你了解主角的缺陷。也就是说，你可以从主角身上找出需要纠正的地方。

· 完成大致的人物塑造。把这个过程分成四个阶段，每一个阶段都朝着人物被一点点治愈推进，当然这是在大团圆结局的前提下。如果你写的是悲剧，人物的缺陷则应该愈演愈烈，最终带来报应。每一阶段的人物应该是什么样的？怎样的表层情节，才能触发不同的人物出现？

· 现在，在性格塑造中加入一两个临时的逆转，让角色重蹈覆辙，甚至可能错得比之前更严重。导致这些逆转的，是什么人或什么事呢？

· 有谁阻碍了角色？谁又在帮助角色？你的主角会因为遇见这些人而发生改变，时而变好，时而变坏。反派通常会放大主角奉为神圣的缺陷，而盟友则会让角色稍微睁大双眼，更清晰地看到自己犯了什么错误。每一次相遇，都应该让主角针对自己的缺陷调整身份。主角应该对自己的缺陷提出质疑，并朝着一个稍微不同的新方向做出调整。

· 谁能告诉主角，成长过程中经历的那些创伤事件是错误的？该如何展示给他们？

故事的情节必然是许多变化共同交织而成的交响乐，这是写作时最重

要的一点。变化应该频繁出现，而且在多个层面同时展开。每一个富有戏
剧性的场景，都应该对主角的缺陷提出挑战。从某种程度上来说，这种变
化是在向人物提出一个基本的关键问题，即："我是谁？"人物会变回过去
那个被缺陷混淆的自我，还是会变成一个崭新的人？

如果你的故事中有多个主角，那么，你可以将神圣缺陷切入法用在每
个角色身上。我建议大家思考一下，每个主角的缺陷是如何与彼此的缺陷
联系在一起的？这些人物或许有着同样的问题，但版本各异，因此相互冲
突，根据情节所需对问题产生缓解或加剧的效果。在爱情喜剧或讲述兄弟
情义的电影中，两位主角往往拥有彼此对立的缺陷。当两人走到一起，便
会治愈彼此。

## 上帝时刻（用不用由你）

你会给你的人物安排一个幸福的结局吗？也就是说，你的人物会找到
纠正自己缺陷的方法吗？你的人物面对的是悲惨的结局，还是苦乐参半的
结局？如果故事有一个圆满的结局，你选择的就是一个"上帝时刻"，在
这个时刻，你的主角最终对自己有了一个清晰的认识，从而在外部世界获
得了所需的一切，在那个幸福的瞬间，你的人物如同上帝一样掌控了一切。
如果结局是悲剧的，那么人物则未能纠正自己的缺陷，由此导致的后果可
能非常严重，并会以羞辱、流放或死亡这些部落惩罚的形式呈现。

当然，你或许不想这样非黑即白，而倾向于选择一个模棱两可、带有

现代主义色彩的结局。就算这样，你也务必牢牢把握人物不同版本自我之间的冲突，并巧妙而慎重地表达你的观点，以免让读者认为你是因为缺乏勇气而不敢做出决定。

无论作何选择，如果想创作出至少让主流受众满意的结局，那么结局就需要为戏剧中的关键问题提供一个明确的答案，也就是说，在所有精彩的混乱和冲突落幕时，我们需要了解到主角的真实自我。

这本书的内容以几堂写作课程作为基础，而课程的灵感则来源于我为各种写作项目展开的研究。因此，书中包括了我以前的作品《异教徒》（Picador 出版公司，2013 年）以及《自恋文化》（*Selfie*，Picador 出版公司，2017 年）中的部分材料，大多都重写过，还有一篇出现在合集《其他人》（*Others*，Unbound 众筹出版平台，2019 年）中的文章。

本书手稿由两位与本书所涉及的领域非常契合的专家校对，即神经学家索菲·斯科特教授和心理学家斯图尔特·里奇博士。我非常感谢他们的评论和厘正，也感谢他们帮助我一起解决问题。文本中若留存任何错误，责任全部在我。如果读者发现了问题，希望通过我的网站 willstorr.com 告知，我将不胜感激，这有利于我深入调查。如有必要，我会对这本书的所有未来版本进行更正。

致　谢

　　有人说"万物都是混搭出来的"，对于这本书而言，这句话再合适不过了。非常感谢我在本书中援引过的所有故事理论家和学者，以及撰写这些年来我阅读过的作品的每一位专家，名字我可能已经忘记，但他们的洞见却一直萦绕在我的脑海。

　　还要感谢我出色的编辑汤姆·基林贝克（Tom Killingbeck）和威廉·柯林斯出版公司的所有同仁，感谢我出色的经纪人威尔·弗朗西斯（Will Francis），以及杰出的克里斯·多伊尔（Kris Doyle），作为《写作好故事的科学原理》大部分内容基础的书籍，都是由他编辑的。对于英国《卫报》大师班项目的克里丝蒂·巴克（Kirsty Buck）和英国费伯学院的伊恩·埃拉德（Ian Ellard）的一贯支持，我也要表示由衷的感谢。我的读者索菲·斯科特教授、斯图尔特·里奇博士和艾米·格里尔（Amy Grier）都给我提供了宝贵的建议，感谢大家把这些精彩的想法借我使用。

我还要感谢克鲁格·考恩经纪公司的克雷格·皮尔斯（Craig Pearce）、查利·坎贝尔（Charlie Campbell）、伊恩·李（Iain Lee）、查尔斯·费尼霍（Charles Fernyhough）、蒂姆·洛特（Tim Lott）、马塞尔·泰鲁（Marcel Theroux）、卢克·布朗（Luke Brown）、贾森·曼福德（Jason Manford）、安德鲁·汉金森（Andrew Hankinson），最后，还要感谢我耐心十足的妻子法拉赫（Farrah），你是我永远的挚爱。

考虑到环保的因素，也为了节省纸张、降低图书定价，本书制作了电子版的参考文献。请扫描下方二维码，下载"湛庐阅读"App，搜索"写作好故事的科学原理"，即可获取参考文献和索引。

扫码下载"湛庐阅读"APP，
搜索"写作好故事的科学原理"，
获取全书参考文献和索引！

# 未来，属于终身学习者

我们正在亲历前所未有的变革——互联网改变了信息传递的方式，指数级技术快速发展并颠覆商业世界，人工智能正在侵占越来越多的人类领地。

面对这些变化，我们需要问自己：未来需要什么样的人才？

答案是，成为终身学习者。终身学习意味着具备全面的知识结构、强大的逻辑思考能力和敏锐的感知力。这是一套能够在不断变化中随时重建、更新认知体系的能力。阅读，无疑是帮助我们整合这些能力的最佳途径。

在充满不确定性的时代，答案并不总是简单地出现在书本之中。"读万卷书"不仅要亲自阅读、广泛阅读，也需要我们深入探索好书的内部世界，让知识不再局限于书本之中。

## 湛庐阅读 App: 与最聪明的人共同进化

我们现在推出全新的湛庐阅读 App，它将成为您在书本之外，践行终身学习的场所。

- 不用考虑"读什么"。这里汇集了湛庐所有纸质书、电子书、有声书和各种阅读服务。

- 可以学习"怎么读"。我们提供包括课程、精读班和讲书在内的全方位阅读解决方案。

- 谁来领读？您能最先了解到作者、译者、专家等大咖的前沿洞见，他们是高质量思想的源泉。

- 与谁共读？您将加入优秀的读者和终身学习者的行列，他们对阅读和学习具有持久的热情和源源不断的动力。

在湛庐阅读 App 首页，编辑为您精选了经典书目和优质音视频内容，每天早、中、晚更新，满足您不间断的阅读需求。

【特别专题】【主题书单】【人物特写】等原创专栏，提供专业、深度的解读和选书参考，回应社会议题，是您了解湛庐近千位重要作者思想的独家渠道。

在每本图书的详情页，您将通过深度导读栏目【专家视点】【深度访谈】和【书评】读懂、读透一本好书。

通过这个不设限的学习平台，您在任何时间、任何地点都能获得有价值的思想，并通过阅读实现终身学习。我们邀您共建一个与最聪明的人共同进化的社区，使其成为先进思想交汇的聚集地，这正是我们的使命和价值所在。

# CHEERS

## 湛庐阅读 App
## 使用指南

**读什么**
- 纸质书
- 电子书
- 有声书

**怎么读**
- 课程
- 精读班
- 讲书
- 测一测
- 参考文献
- 图片资料

**与谁共读**
- 主题书单
- 特别专题
- 人物特写
- 日更专栏
- 编辑推荐

**谁来领读**
- 专家视点
- 深度访谈
- 书评
- 精彩视频

## HERE COMES EVERYBODY

下载湛庐阅读 App
一站获取阅读服务

图书在版编目（CIP）数据

写作好故事的科学原理 /（英）威尔·斯托尔著；
靳婷婷译. -- 杭州：浙江教育出版社，2023.9
ISBN 978-7-5722-6509-9

Ⅰ. ①写… Ⅱ. ①威… ②靳… Ⅲ. ①故事－文学创
作方法 Ⅳ. ①I054

中国国家版本馆CIP数据核字(2023)第169500号

浙江省版权局
著作权合同登记号
图字：11-2023-320号

上架指导：社会科学 / 心理学

# 写作好故事的科学原理
XIEZUO HAOGUSHI DE KEXUE YUANLI

[英] 威尔·斯托尔（Will Storr）著

靳婷婷　译

责任编辑：洪　滔
美术编辑：韩　波
责任校对：高露露
责任印务：曹雨辰
封面设计：ablackcover.com
出版发行：浙江教育出版社（杭州市天目山路40号）
印　　刷：天津中印联印务有限公司

| | | | |
|---|---|---|---|
| 开　本：720mm ×965mm 1/16 | | 插　页：1 | |
| 印　张：15.5 | | 字　数：190 千字 | |
| 版　次：2023 年 9 月第 1 版 | | 印　次：2023 年 9 月第 1 次印刷 | |
| 书　号：ISBN 978-7-5722-6509-9 | | 定　价：89.90 元 | |

如发现印装质量问题，影响阅读，请致电 010-56676359 联系调换。